一首詩的誘惑

白靈 著

目錄

說詩與說夢

1 讀詩需寬容

無數的年輕朋友來到詩的面前，都會問：「詩是什麼？」當他們讀了報章雜誌上一些不怎麼高明的詩作後，有時會很主觀的在這問題後再加三個字：「玩意兒」。有的會從此退縮回古典詩詞去，有的會求詩心切、想找更多的詩解決他的疑惑，有的則大膽地自彈自唱、也塗寫新詩來。當然，也有的會到其他的書中去尋找答案，比如評論家或名詩人的偶發之語：「詩是一扇門一開一闔之所見」（桑德堡）、「詩即謎語」（龐德）、「一首詩始於喜悅，終於智慧」（佛洛斯特）、「詩是具節奏美的創作」（愛倫坡）、「詩者：根情，苗言，華聲，實義」（白居易）……類似這樣的「定義」不下數百種，有的像是說中了，有的像是什麼也沒說。因此，關於「詩是什麼」最好是在讀了許許多多的詩後，再來回答，喔，應該說再來「感覺」，會比較容易些。

在接觸新詩時也許應該有個基本的心態：寬容的態度。這包含了廣泛的閱覽和虛心的研讀。最好不要一眼「瞄」過去，然後遽下評斷，最好不要只讀過幾首詩，即送給新詩諸如「不過爾爾」之類的字眼。即使很「不幸」地讀了一首壞詩，那又何妨，在一腳踢開它之前先弄清楚它壞在哪裡，是稍有可取還是毫無可取，這是比較積極的態度。比如下面兩句詩：

基隆河像把聲音的鎖
陽光的金鑰匙不停地撥弄它。（鄭愁予）

從來沒有人把鎖跟河互比，因此讀第一句時心裡會很不安，兩者不論在輪廓或顏色上都不可能兜在一起。而作者偏偏說它們「像」，至少在「聲音」上像，這時就得耐下心來把第二句讀完，看到底是怎麼回事。而原來是陽光搞的鬼，它照在河上的粼粼光芒一長條，很像一把「金鑰匙」，這一點倒比較容易令讀者同意，而作者就是要讓此鑰匙有所作用，只得強硬將河比作鎖了。而你會發現，當你讀此二句時，爲了迎合作者的意圖，便會把過去看過的河景在腦中抓出來拼貼，讓「心象」與詩句略似。奇妙的是，出現在每個人腦中的河景不可能相同，也不太可能是基隆河，而可能是記憶中的某個河光景色的片段，也不是很清楚，而只在剎那間符合了詩中所寫的。而如果要完全符合詩句，你還得像調整光圈和焦距一樣，讓一條河水處在晨曦或暮色中，除了陽光照在河上的那長條金色光芒，其餘都該較爲漆黑，此時粼粼閃閃，果然是有「撥弄」之感，「鎖」的形狀就比較相似了。當你有這樣的耐心來使自己也能進入這兩句詩的「復原工作」中，這就是「寬容」了。

2 柔軟出想像

同樣寫河上陽光卻可能讀到這樣的句子：

陽光在溪流裡划船
星子在晚風中叮噹（葉翠蘋）

乍看這兩句，好像兩個不同的畫面，第一句並未說明是在哪個時辰，但「划船」似有逆流而上奮力向前之感，因此爲了與第二句相契，只能假設第一句的畫面是在溪上粼粼而動，不想隨溪流而去，又想停留原來河面上，便只有拚命「划」動，但出現在腦中的畫面應強調陽光在「划」而非像「船」（而前面那兩句則強調「撥弄」而非「鑰匙」），但範圍不若前兩句大。可見得作爲一個讀者，心是多麼「柔軟」，可以順應作者的任何要求，只要此要求是可以自圓其說的。第二句的畫面出現在河面上空，可能襯前可能墊後，星子不可能「叮噹」，而讀到此二字時，讀者不得不虛心地認定「叮噹」必有所指，而叮噹常有間歇性，一若星子閃動之有間斷性，於是「叮噹」便被寬容地想成「閃呀閃」。而你會感覺，上述的「寬容」是要經過你在「想像」上的一些讓步和努力，如果不曾有此一番「忍讓」，而將之寫成：

陽光在溪流裡金亮亮
星子在晚風中閃呀閃

你又會覺得索然無味了。而你在想像上的努力，其實也就是作者在想像上的努力，他並不想用「金亮亮」、「閃呀閃」之類陳腐、老掉牙、無法引人注意的字眼，於是便得使用比擬（陽光河上閃動的模樣與金鑰匙或划船等不同事物互比）或感官移位（將星子閃呀閃的視覺效果改用聽覺的叮噹）等修辭手法來獲得新意。總之，作者並不願只停留在原有的畫面上（看到美景的經驗），而希望借助語言將此經驗「生動」地傳達出去。此題材（景色）是陳舊的、人人得見的，但傳達的語言卻是嶄新的、作者獨創的。而讀者即由此創新的語言獲得美感，因柔軟自己而引發想像，使得他在以後欣賞類似景色時會更加留意，也因而加深了他的感覺。

3 寬容竟無限

有時詩人並不以人間景色為滿足，他為了傳達內心的某種「企圖」，甚至自創景色，如七十八年曾獲某大報新詩獎的作品中的一節：

你把傲骨豎立
撐起天空成野宴的桌面
雲是白菜，落日為餅
月光是酒，雙眸如筷
北斗與十字隔著星海划拳

作者「野心」很大，幾乎把黃昏的夜空整片網羅了，他為了把「雲」、「落日」、「月光」、「北斗」、「十字」（即天鵝星座）等結合起來，即假設它們是在「野宴的桌面」上，「野宴」是為了加強各物在廣大空間中的互動性，而雲與白菜、落日與餅、月光與酒、雙眸與筷子……等等都多少與彼此間形狀或動作的相似有關。末句「北斗與十字隔著星海划拳」使整段詩達到了廣闊的效果。讀者讀這段詩時，可以說「寬容到了極限」，他不但不去追究北斗與十字如何划拳（一個出七，一個出十），甚至連「雙眸如筷」這樣的句子都得容忍自己去同意其可能性（表示眼光來回快速，如同筷子在桌面上四處夾菜），最後獲得的也只是默認作者的「自大」而已，因爲這些桌面上的擺設和客人都是他的「傲骨豎立」起來的。然而讀完後你的寬容與想像還是值得的，它使得你的想像達到一種不可能的高度。當然這樣的詩與歌德的兩句詩比較起來，在精神內涵上仍有些差距（請你仔細想想下面兩句的畫面，及其可能的涵義）：

我走到最高的峰頂
把臉在群星之間隱藏

但與下面這段也寫星星的詩相較，是不是在想像的努力上有若干不同呢？

你恆立著／立成一種儼然而又藹然的姿勢／每一次，當我打你面前經過／或遠遠地看見你時／一種肅然起敬的感覺／便油然湧起／而不禁向你投以注目禮／好像讀著一篇傳奇（鍾欽）

4 作詩由做夢

不同的人可能經歷同樣的事件、接觸過同一群人、看過相同的景色，但他們做的一定是不同的夢。許許多多的不滿、寂莫、感情的渴求等等，常常會在夜裡的一場夢中獲得抒洩，而這些夢境卻極少與日間所見所碰完全一模一樣，它們經常經過化妝、掩飾、扭曲、轉化之後才在夢境中呈現（請你注意，詩的表現也頗類似）。也不管是好夢或噩夢，它又多少與生活的人、事、物等有關，而絕少是憑空臆想的，而且夢境的內容也無法預期。每個人都會做夢，但比較少人會想去寫詩，或者想寫卻又不知如何入手。而如果你曾看過黑澤明的電影「夢」（你該看一看，然後好好批判這位大師）你會感覺，他做的幾個夢，其實不會比你做過的夢高明多少，只是你不曾將它們用文字或實際的電影畫面呈現出來罷了。而如果你曾有過「我做夢都不曾想過我會做那樣奇怪的夢」，也就是如果你擁有過許許多多美好或險惡的夢的話，事實上那本身就是「詩」的了。也許如今那些夢（曾做過的）或夢想（曾想過的）如今早已零落或飛散成雲煙了，但你不能否認，你的潛意識裡曾有過那麼奇怪的想像、和奇妙的創造！

而我們前三節曾一再強調，讀詩是讀者對作者在想像上的「寬容」，其實也是讀者在想像上自我柔軟、自我試探的一部分，不過引子、始作俑者是別人罷了。而當哪一天，你已對眾多新詩的諸多試探開始不滿時，又何妨把你底夢境中那些奇妙的想像和創造的閘門也打開來，讓它們從魔瓶的口、從潛意識裡浮昇到意識中來，也試著寫下一句創造性的詩、甚至一首詩來吧！

夢，是禁不起你底誘惑的。詩也是。

詩與非詩

1 一兩字距離

住在亞熱帶的人，見過「楓紅似火」的人似乎不多，能夠感覺到「整座山，和所有看山的眼睛，都被燒得紅而透明」，那樣興奮和喜悅的，必然就更少了。而如果他也收集來一些葉片，一一詢問你：「這是楓葉嗎？」「那麼這個呢？」「或者這個？」這就容易許多了。因此當有人隨意啓齒：「詩是什麼？」大半這是不懂詩、或沒碰過幾首詩的人。此時被問的人或許可以反提出下列這些子句：「等一等，你讀過什麼詩嗎？」「好，那你覺得那是詩嗎？」「沒讀過沒關係，我手頭這一首請你讀一讀——OK，你覺得它是詩嗎？」「爲什麼你覺得它是詩？爲什麼不是？」「新詩沒讀過？那總讀過古詩吧？good，那某某詩爲什麼你覺得是詩？」

站在美或醜的事物面前，我們較容易討論什麼是美；執住眾多的齒葉，會比較易於判定什麼是楓什麼是槭或什麼都不是。嘗試讓您的眼光與諸多的詩作廝混，將更能從容地掌握詩與非詩。

然則讀過許多詩的人，心中就沒了疑惑嗎？爲什麼「與小妹妹拔河」不是詩，「與永恆拔河」（余光中）就是詩了？爲什麼：

①搖撼傀儡的手指頭
②擋不住的誘惑
③被車撞了一下
④給他一把梯子
⑤誰在秋天撿到一片楓葉
⑥讓我的頭靠近你的桌

等等，都不是詩，而稍微易動一兩字：

①搖撼傀儡的生命（電視廣告詞）
②止不住的誘惑（電視廣告詞）

③被美撞了一下　（陳幸蕙）
④給夢一把梯子　（白靈）
⑤誰在秋天撿到一顆心　（歌詞）
⑥讓我的心靠近你的夢　（歌詞）

卻偏偏就有一點詩意了？詩與非詩可能只在一二字之差，這其間的道理不能不深究。

2 詩溶意與象

我們先以兩句七言詩來比較一番：

①最是草卉浮萍物
　漂過長江萬里遠
②最是草卉無情物
　牽動長江萬里愁

顯然的，②比①更感人，感人處是因②不只在寫一種可能的現象（草卉漂浮萬里），而是以草卉的無情帶出它能引發的無限情緒（萬里愁）——看到江上草卉的作者，因草卉的來路與去處，觸發心中久積的鬱悶，不能自已而有此作。同樣的，讀者會去模擬其景其情（眞正的含意又很難說得清），而①只能讓人模擬其景而已。說得現代一點，①只有「象」（景象），而②有「象」有「意」（情感）。象是外露的事實、現象，意是隱含的情緒、感覺，前者是看得到的，後者是看不到的。看得到的和看不到的相互結合，就成了「意象」，因此②比①更具詩意。而所謂「意象」，比較狹義來說，也就與「情景」的古老說法相接近。純「意」或純「象」都難成爲詩，「意」必須與「象」融合，方具詩意。

如此我們來考察第一節中所列舉的句子，「搖撼傀儡的手指頭」、「被車撞了一下」、「給他一把梯子」……等等，都是日常用語，都是實用句，都只有「象」，並無虛擬的情緒在其中，而「搖撼傀儡的生命」、「被美撞了一下」、「給夢一把梯子」……等等句中的「生命」、「美」、「夢」的字眼，均是肉眼無法掌握的，是虛擬的情「意」，當它們與前述各句的「象」相連結，詩意便出現了。

然而，「給車撞了一下」是多麼清楚卻毫無旁義的一句話，但「被美撞了一下」又是什麼意思呢？是「被美感動了」？那爲什麼不說「被美咬了一下」、「被美唬了一下」、「被美嚇了一跳」、「被美電了一下」，甚至「被美燒了一下午」、「被美薰了一上午」……。其實有何不可？雖然意義都各有不同，但不都比「給車撞了一下」有意義嗎？而又有誰能把這些「有意思」的句子說清楚呢？它們不過是從實用的句型中逃離出來，身上帶著說得清又說不清的一點點香味罷了。因此如要深究或講得明明白白每一句這樣的「詩」，豈不有點自討苦吃？

同理，「給夢一把梯子」難道是獨一無二的？難道不能說「給想像一對翅膀」、「給寂寞一把梳子」、「給空蕪的荒原一對蝴蝶」、「給夢的小船一雙小槳」、「給黑漆漆的心情一顆流星」……你不妨繼續試下去，會發現你的想像可以無限寬廣。

3 景任由真假

一句詩很難稱爲一首詩或一篇詩，這時不妨再考察一段詩，看看它們的形成是不是眞如第二節所說的，必須有意有象，先舉兩句來看：

大象的鼻子正昂揚　（景象）
孔雀旋轉著碧麗輝煌　（景象）

這是現象的舉證，第二句還稍稍美些，比第一句更有味道些（「孔雀旋轉著碧麗的翅膀」則屬現象說明）。再舉另二句：

全世界都有了希望　（情意）
沒有人能夠永遠沮喪　（情意）

「希望」、「沮喪」均是情感的表現，此二句屬概念式說明，毫無詩意。但如將之相互搭配：

大象的鼻子正昂揚　（象）
全世界都舉起了希望　（意）
孔雀旋轉著碧麗輝煌　（象）
沒有人能夠永遠沮喪　（意）
——〈快樂天堂〉歌詞首段

本來都近乎散文的句子（不是單句成詩，如前節各例），只是相互「搭肩」，卻有些意思了。其實大象鼻子要不要昂揚，跟全世界有無希望有何相干？孔雀是否開屏又與人類會不會沮喪有何瓜葛？但仔細想來，即也未必毫無相關。既然大象都能常舉長鼻，表示精力未衰，世界正該效法，將希望時時舉起；孔雀春情發動，向著雌孔雀開屏求好，不也是一種青春活力的表現，人們又何能孔雀不如，一直沮喪到底呢？所謂萬物皆備於我，自然界的種種情景，正是人類學習的對象，面對大象孔雀又如何例外？純象非詩，純意非詩，意與象一搭一唱，竟然就是詩了。

當然，有些詩的表現並不如此截然可分，可以看出哪些是意哪些是象，但通常意是隱藏的，讀者看得到是一些外露的象，如羅青〈你早就知道〉前二段：

你早知道／在這世界上／你只不過是塊／普通的小石頭／不過，要命的是／
後來你慢慢察覺／自己站的地方／竟有點像喜馬拉雅山聖母峰頂

這兩段再淺白不過，「象」是「聖母峰頂的小石頭」，「意」是「既渺小卻獨特」，都明白清楚，但「意」是不明說的。他把最重要的一句話擺在最後頭，讓人出乎意料，「意」必須讀到最末一句才冒出來，詩也到最後才「成型」，其餘各句幾乎只是「廢話」，因而達到「蓄勢」的作用。讓「景象」自己演出，「意」儘可能隱而不說，是寫詩相當重要的手法，因此這首詩中你看不到前面所舉各例中曾出現的字眼：「生命」、「希望」、「美」、「沮喪」、「無情」、「愁」等等詞彙。

值得注意的是，這首小詩所演出的「象」，並不是眞實的景象，不像前例「大象的鼻子正昂揚」、「孔雀旋轉著碧麗輝煌」等的景象是看得見的，此處「聖母峰頂的小石頭」不是常人看得到的實景，只是作者想像的虛擬，其目的只是想表達突顯「渺小卻獨特」之意。這種「景象的重塑或再組合」頗值得學習和注意。茲再舉羅智成的〈饗宴〉爲例：

我們偎坐淡季的咖啡座暗角
擺在前面是茉莉花汁和一碟糖釀的玫瑰花瓣
和一大排蘆葦，周圍的飾燈如寶石般亮閃
石鑲的壁後有湍湍一條陰涼的小溪
歌瑞絲，透明發光的她在每張低矮豐軟的椅下進進出出
貝姬妮卡，像隻螢火蟲貼著地毯低飛
婷達在燈間穿梭
我們的小木屋在陽光下的草坪中央
娜米蘭嘉推門進來，輕輕掩上門，暖暖地呼了口氣
依珊比，依珊比呢，依珊比穿了好漂亮好漂亮一件裙子
很安詳很嫻靜地向我們掀動她的睫毛哪！
黛薇因在窗外向我們嚷些什麼？她是那麼興奮
愛麗絲，愛麗絲這是我們的婚禮嗎？

此詩前四句較寫實，造成氣氛，沒有什麼詩意（與前例略似），但第五句起卻全出乎景象的虛擬，你很難判定歌瑞絲、貝姬妮卡……等等除了小精靈還會是什麼，但一個個又很人性化，

「呼了口氣」、「掀動睫毛」、「嚷些什麼」等等，又讓人覺得它們都是新娘愛麗絲可愛的玩伴。作者的「意」隱藏不見，也許只有「歡樂」、「喜悅」、「熱鬧」可以形容吧。當然，你也可以批評，作者虛擬的景象爲什麼不再清楚些或有秩序些，尤其「小木屋」一句的出現，更令人費解整個情景的可看性到底如何？這些批評也許仍無損於詩中傳達「饗宴」的濃厚氣氛，而且不是較現實的更美嗎？

總之，如果你讀到的詩是純象或純意，而非意與象的「勾肩搭背」，或者意是隱藏的，而象未經虛擬或重塑——或許乾脆說，如果有一首詩中找不到一些「轉折」，能讓你稍微費費腦力，因而得到一點美感或啓發，那麼我們只能將之歸爲「非詩」了。

好詩與壞詩

1 識多眼界高

世上的事物所謂好或壞，大多是比較而來的。二者之間很難剛好找到一條線，可以加以完全區隔。它們倒像分頭站在事物的兩極，中間多的是好壞難分、甚至議論紛紛、一爭辯就血肉模糊的地帶。好人壞人、好蟲壞蟲、好天氣壞天氣、好日子壞日子、好看不好看、好詩壞詩……等等，大多如此。都不免夾雜了些主觀、固執和成見在內。

要在兩支眼鏡間選擇較適合自己臉型的一支，大概還不太費事，三支也還好，若是要在五六支七八支之間，挑出最滿意的來，恐怕就得傷些腦筋了。詩不免也要碰到相似的情況，極好的詩或極壞的詩（常常不是詩）大致還不難分辨，怕就怕那些不好不壞的，偏偏這世上就屬這樣的詩最多，既非珠又非魚目，半似珠又半類魚目，眞是折磨讀詩人心神。總得經歷若干年代，才能挑得仔細。因此走入詩門，選幾個名家詩選細讀，總是捷徑。而名家的詩首首都是好詩嗎？那倒也未必，只是「撞」到好詩的機率多些罷了。一個愛詩的人如果沒讀過一些名家的好詩，卻偏偏只偶爾接觸了些不見經傳的人寫的壞詩，即對新詩下定論，那豈不冤枉了新詩？若因而草率提筆，爭破了頭只爲發表，且以此炫耀自得，豈不「危機重重」？古人所謂「不登高山，不知天之高也；不臨深谿，不知地之厚也」，即是要人在初學時眼界儘可能定得寬廣些，好、極好，或任何不同的好見得多了，眼界自高，久久與之盤旋則心中自有標準，那時再來分辨天底下的任何詩作，自不是難事了。「讀書破萬卷，下筆如有神」，若想提筆寫詩，不讀「破」個幾百首好詩（至少），要想有一番突出的創造，恐非易事吧？

2 見微易好壞

不同題材的作品要相互較比，也許還稍爲難些，若在讀詩當中能注意相同題材的不同表現，好壞或較容易顯現。比如以兩首同是寫「鵝」的詩來看，第一首是鄭秀陶的詩：

於牠翹首覷我的一瞬
我們的世界初度疊合
於四月初的晨間
榕樹枝頭
搖動著
閃著
金色的光

這首詩給人的感覺其實捉摸不定，而且讀者一定懷疑爲什麼要寫「鵝」，「女孩」不可以嗎？「上帝」又如何？

於她（或祂）覷我的一瞬
我們的世界初度疊合

底下幾句都相同，豈不更清楚？然而作者既如此表現，顯然有他的道理，然而後面幾句給我們的暗示好像很難讓讀者與鵝（也許是尊貴、純潔吧）作形象性的聯想，「鵝」的必然性乃有了缺口。當然，讀者也很可能「寬容」作者，說「翹首覷我」正是高貴者如鵝的形象，此時榕樹枝頭正閃現搖晃的金光，鵝之純潔於是愈發令人起敬。類似形象的「自圓其說」的確在許許多多的詩作中都可能出現。然而當我們將此詩再與下面這首〈坐在雲端的鵝〉（夏婉雲作）來互比，即可看出其間的不同：

一朵白雲停在湖中
雪白的鵝緩緩步入
舒舒服服地坐在雲上
牠悄悄划動雲朵
切開青山
切開藍天
整面湖泛開人字形水紋
是雲朵送她上岸的吧
鵝抖抖一身的雪白
午後湖上
又慢慢恢復了寧靜

此詩寫的是常見的景象，但情境卻是自創的，作者將尋常景致予以單純化秩序化，從雪白的鵝坐在雪白的雲上，到上岸後抖抖一身的雪白，讀者可以清清楚楚看到形象的組合和演變，整個過程圓滿而靜美，讀過後讓人有淨化的感受，鵝的出現和消失都相當自然，即使「坐在雲端」也無不妥，因爲讀者明白那是白雲的倒影，至於白雲是否隨白鵝而游動，讀者恐怕也不會去追究，此種「寬容」是自然而毫不勉強的。反觀前引鄭秀陶的「鵝」則不然，鵝在林中或林外出現，以及鵝與榕樹間的關係，可能只有作者心中最清楚，讀者很難從詩中所述重塑作者當時所見，因此鵝的形象在此詩中可說模糊難辨，以鵝命題就顯得有點唐突了。當然，要因此評定此首「鵝」是壞詩，不免殘忍，只能說此詩比起〈坐在雲端的鵝〉而言，能形塑的畫面，與讀者較有距離吧。

詩的好壞常不在題材的選擇，也不一定在作者觀察角度的不同，不同的角度一樣可寫出味道迴異的詩來。但觀察得是否入微、表現形象是否精確，卻深深影響一首詩的好壞。鄭秀陶所看到的鵝應該也是美的，存在他心中的形象應也完整而自足，但在表現時，卻未讓鵝與榕樹閃光等形象產生融合的關係，他心中的「十分」出現在筆下可能只剩「三四分」。而〈坐在雲端的鵝〉將鵝與雲的關係作了完美的結合，這是作者先觀察仔細，再透過想像的一番思索達成的。常人看到的是「鵝坐在湖上」，作者看到的卻是「鵝坐在雲端」，前者是散文，後者是詩。前者鵝是鵝、雲是雲，後者鵝與雲密不可分。看到什麼，卻寫不出什麼的詩，常是壞詩；看到什麼就寫什麼，可能是好詩也可能是不好不壞的詩；如果寫的是別人注意不到或看不到的，則可能是好詩的機率就多了許多。

3 三隻鷺鷥飛

底下再舉三首寫「鷺鷥」的詩為例，至少都是不壞的詩（壞詩到處可見，讀者請自行「搜索」），列在這裡，經研讀之後，試著比較它們的高下：

第一首：**鷺鷥** ◎白萩

一顆星闖進黃昏裡
放哨，遇見你
悠哉悠哉
獨自飛著你的天空

有時
順風一瀉
有時
逆流鼓翼

有時
對夕陽說一句
無關痛癢的輓詞
有時
落在大地
將頭伸進時間的水流
測度地球的冷暖

第二首：鷺鷥　◎季　紅

在日沒後
仍未歸去的一隻
鷺鷥
在不清楚了的空中
在深處的一個
招喚
猶之一個意志

在不寧的，未之分明的
回憶中
（一種煩倦）

第三首：白鷺 ◎白靈

整座視野
高高矗立著
山的大黑板
細細細的白色線
由最右邊逐漸向左劃
一路上噴湧噴湧噴湧
噴湧著綠色的汁液
整座山幾幾乎攔腰
截斷，好利的
一
隻

白鷺

上述三首詩，讀者讀完後也許各有喜好（最好先在心中評定後，再看底下的文字），讀時所費的腦筋也各有不同。第一首較寫實，忠實地傳達了鷺鷥在黃昏天空自由飛翔的姿態及落地後探測水流的一系列景象，語言輕巧而有力。第二首寫鷺鷥飛進黃昏漸深的天空，漸行漸遠，似有若無，此景恰與心中不寧的心境略似，後兩段加深了第一段的形象。第三首則只是趣味性的表達，把鷺鷥當作白色的粉筆畫在山的黑板上，銳利地割出綠色的汁液。每一首都不相同，但都各自完成了小小的情境。顯然的，第二首較能觸動心靈中的某一琴弦，因爲詩中寫的不局限在鷺鷥本身，而與人類某種情緒產生共鳴，它見到了常人見不到的，三首中應是最佳。第一首雖然有什麼寫什麼，但空間寬度，從容舒緩地上天下地，頗能帶領讀者重新領略自由翱翔的滋味。第三首則只就某個風景的畫面作了自足的、動態性比擬，格局較爲有限。而如果是你，你又將如何「處理」你的「鷺鷥」呢？你的角度、你心中的形象會是如何？

總之，**想寫詩前應從讀詩入手，讀詩時心中應該帶一把尺；也許這把尺的刻度相當模糊，但又何妨？極好的與極壞的自然容易分出高下，不好不壞的占地寬廣，要比出優劣的確非易。此時不妨先拿題材類似的來互比，可從表達的角度、格局大小、意象準確度、語言精緻性等不同**

方向去探討。其後再從同一詩家不同詩作去比較、相近派別的不同詩家間互比，以及任何兩篇詩作間的相互較勁。如此浸淫日久，心中那把模糊的「尺」，會自動地漸漸精準。

形式與實質

1 詩假真散文

詩該是什麼模樣？問這問題的人，指的大概都是新詩的形式。很可惜，新詩沒有什麼「應該」的模樣，它可以不押韻，可以不齊天齊腳，高興時三行或兩行一段，不高興時十行二十行一段，既可分行又可不分行，若說它有什麼形式？那就是一句老話：沒有固定形式就是它的形式。詩之易寫、詩之難工，也全在此。於是「不是詩的」偽裝成詩，「是詩的」偏偏排起來又不像詩，這樣的問題困惑了無數的人，以後恐怕還要繼續困惑下去。而當你能稍稍解開這困惑時，也許困惑就成了誘惑。

韻腳、平仄、分行都屬於詩的形式。新詩不管平仄、不押韻或不怎麼押韻，幾乎成了寫詩人的一項共識；詩最好能分行，則是另一項共識。然而假分行之名行僞裝成詩之實的作品眞不知凡幾，它們好像披了羊皮混在羊群之中，有時不細看，還眞難分辨。爲了破解假詩僞詩壞詩，最好是打破分行的迷障，將行與行連接起來，看看它們是否還有詩的實質存在字裡行間。宋詞的排列不曾分行，將之分行，讀起來還挺不習慣，然而分不分，詩意並無稍減；新詩若不分行，其效果又如何？值得加以觀察。比如將上篇「好詩與壞詩」一文中所舉的三首「鷺鷥」均不分行，則成：

①一顆星闖進黃昏裡放哨，遇見你悠哉悠哉，
獨自飛著你的天空。有時順風一瀉，有時逆流鼓翼，
有時對夕陽說一句無關痛癢的輓詞。有時落在大地，
將頭伸進時間的水流，測度地球的冷暖。——（白荻）

②在日沒後，仍未歸去的一隻鷺鷥，
在不清楚了的空中，在深處的一個招喚，
猶之一個意志，在不寧的、未之分明的回憶中。
（一種煩倦）。——（季紅）

③整座視野，高高矗立著山的大黑板。
細細細的白色線，由最右邊逐漸向左劃，
一路上噴湧噴湧噴湧、噴湧著綠色的汁液。
整座山幾幾乎攔腰截斷，好利的一隻白鷺。——（白靈）

如果你參照上篇這三首「鷺鷥」排列的形式來看，當發現：

①鷺鷥舒緩飛翔、悠哉閒哉的安詳感似乎損失了不少，留給讀者緩慢思考的空間也減卻許多，尤其是第二首，似乎是三首中最不像散文形式的詩，改成散文後，末句的效果更是發揮不出來；而第一首原詩的四個「有時」寫成散文句法時，停頓的節奏感完全消失；第三首原詩「由最右邊逐漸向左劃」的黑板形式更是全然不存。

②因此，顯然讀者對不分行和分行有不同的期待心理。不分行時，文法的結構性增強很多，讀者會希望很快讀完它，這時除非詩中出現奇字或奇思，才能使讀者緩慢下來；比如第一首的「一顆星闖進黃昏裡放哨」、「對夕陽說一句無關痛癢的輓詞」、「將頭伸進時間的水流」，或第二首將鷺鷥飛入黃昏形容爲「在深處的一個招喚」，「猶之一個未之分明的回憶」，第三首的「整座山幾幾乎攔腰截斷」則是一隻白鷺切割的結果等等。而這些奇字或奇思就構成了整首詩的骨架，

亦即它的「實質」，否則詩就不成爲詩，只成散文了。

③這三首寫成不分行時只有一個形式——散文形式。寫成分行時卻出現了三種不同形式，第一首分成三段，中間七行，首尾四行，第二首也三段，分別是六、三、一行，第三首不分段，卻排成齊底形式，來與山或黑板的內容相配合，最後四行更出現一行一字。這些不同的形式安排顯然都是有意，甚至是故意的，無非是想與內容相互搭配而已，作者既創造了內容，也創造了形式，是內容決定了形式，而形式也凸出、幫助了內容。而如果是你，要你重新來安排這三首詩的分行，你的處理方式會是如何？不妨動手一試。

2 實質超形式

前面列舉的三首詩不論分行或不分行，其「實質」仍是詩的，只是其分行的「形式」有助於其內容的表達而已。底下我們另舉兩首分行詩來看，先看下面這首：

兩朵小花 ◎陳德恩

路旁的
一朵

不知名的小花
在廢棄的陰溝裡
默默地
獨自
開
放
路旁的
一朵
很熟悉的小花
在雕砌的圍欄裡
喜悅地
搖曳
生
長
每一次走過
每一次看見

路旁的
這兩朵小花
總會使我聯想起
一種悲哀，和
一種傲慢

這首小詩長達二十三行，比前舉三首的任何一首都長，然而效果顯然相差甚遠。雖然作者在詩中想表達的本意是豐富的（陰溝裡小花的悲哀、雕欄中花朵的傲慢，顯然以花喻人），然而呈現出來的「實質」卻較貧弱，因此其形式所能幫助其實質的，只是讓人晚一點發現它是一首壞詩罷了。如果將它寫成散文形式或許讀者的收穫還稍多些：

路旁的一朵不知名的小花，在廢棄的陰溝裡默默地獨自開放。路旁的一朵很熟悉的小花，在雕砌的圍欄裡喜悅地搖曳生長。每一次走過、每一次看見路旁的這兩朵小花，總會使我聯想起一種悲哀，和一種傲慢。

你看，寫成散文是不是意思明晰多了。這是因爲其「實質」是散文的，只是想分行成詩罷了。而分行的「形式」對作者的本意倒成了阻礙。作者在內容上並未有獨特的不尋常的創意、在語言上也未有新奇的發現或表現，因此原材料的美意乃不能發揮，使其詩的「實質」無以呈出，是以不論分不分行都不是好詩。講得清楚些，即是作者並不能創造一種形式或畫面，可提供讀者的想像力思索徘徊，全首詩只是一堆概念罷了。

3 分行飛越詩

再看下面這首小詩：

屋前雪 ◎劉資槐

我打掃門前堆積的新雪
移動木柴準備入屋圍爐
煮茶。井邊打水時，看見
雪地遠方飛鳥掠過
幼鹿在雪林半掩處，膽怯的
遠遠窺望我

這首詩比前面那首似乎好些，作者整理出一些場景的片段訊息，讓讀者可以在想像中去重新組合。然而作者的分行技巧卻令讀者略感不安，如第二、三句間的「跨行」（即一個句子分行寫出）：「移動木柴準備入屋圍爐／煮茶」，本是一句，作者硬要分成兩行，顯然有他的苦衷，因為這句太長了，寫在一起，讀起來難以呼吸。而節奏的呆板主要都是偶數辭彙：「移動」、「木柴」、「準備」、「入屋」、「圍爐」、「煮茶」，必須設法分開。首先如將之寫成散文形式：

> 我打掃門前堆積的新雪，移動木柴，準備入屋圍爐煮茶。井邊打水時，看見雪地遠方飛鳥掠過，幼鹿在雪林半掩處，膽怯的、遠遠窺望我。

似乎稍稍減卻了些詩的「實質」，近乎一篇梭羅散文的開端或結尾，而它的秩序乃是自創；即使是散文，也接近詩。然而如果再將之改成不同的分行方式，並更動幾個字，尤其是偶數字的打破：

門前堆積了新雪
掃淨後，移動木柴
準備入屋圍爐
煮茶

井邊打水時
看見雪地遠方
有飛鳥掠過
幼鹿在雪林半掩處
膽怯的，遠遠的
窺望我

六行變更爲九行，意思似清楚了些，但似乎對其「實質」幫助仍然不大，這可能是這樣的詩合該簡短稠密些。而若將之重新試寫成五行，如：

打掃門前堆積的新雪
移動木柴，準備入屋圍爐
井邊打水，雪地極處有鳥飛過
遠遠抖動了雪林的一隻幼鹿
正轉頭，望我，膽怯且不轉睛地

末行用倒裝來破壞散文的文法，反使詩倒好像更濃稠了些，但對原意幫助並不大（除非重寫）。可見得，新詩的「實質」比分行的「形式」更爲重要，寧可把詩寫成濃縮的少數幾行，看看它接不接近散文，或還是詩，最好不要把詩寫成長長的幾十行，而其實是很壞的散文僞裝的。

4 形式任沿襲

「以貌取人」是人生當中經常發生的，那是因爲一個人的「內容」很難在短時間內確認，因此在判斷人與人之間的高下或好壞時，便產生許許多多的謬誤，這不能不說是人性中一個相當大的弱點。然而詩的內容與形式卻沒有這麼大的隔膜。

一首內容不好的詩，無論你是否押了韻，如何講究音調平仄，是寫成十四行、十行、兩行一段或五行一段，恐怕都難逃行家「法眼」。不過詩的形式也並非毫無可取，如果你曾仔細讀過前兩篇，當可看出前面舉過的三首「鷺鷥」，因爲有了作者獨創的分行形式，反而幫助了詩內容的傳達。當然，有些作者所用的形式是沿襲前人的，如十四行詩、如兩行一段、三行一段或五行一段的詩，又如不分段的詩等等。

因此如果你不太清楚一首詩應分成幾段，幾行成一段，則不妨參照前人用過的形式，試著將所寫的內容試試各種不同的分行方式。你一定會發現，不同的內容若採用同一形式（如每首詩都是十行），是相當困難的，而如果你仍堅持，則內容上必然要有所增刪，那倒是相當好的練習。

比如有人把春夏秋冬四季寫成四段、把婚前婚後分成兩段，或者把少年中年老年分成三段來寫，這些形式好像是應了內容的要求似的。茲舉後者爲例，題目是〈射手〉（梁雲坡）：

青春時
我是盲目的射手
自負有千萬枝箭
就無的放矢
自以為豪放
終於
射盡了囊中之箭！

中年時
我已百發百中
更發現無數更好的目標
可惜我已無箭可射

只惆悵的看一群拙劣的射手
——浪費力氣！

當我老邁時
啊！
我看見我鬚髮皆白
正以老花的眼
顫抖的手
撿一雙枯乾木棒
夢想削成青春之箭……

此詩前後兩段各七行，中間一段六行，看來對稱而整齊，且以青、中、老三代按序寫來，讀來輕鬆自然，這樣的分行形式顯然老舊，但迄今仍被廣泛地使用。然而即使將它改頭換面，如上篇所敘，將之連結成散文，其實對它的詩質也無太大的損傷。這主要是作者發明了「射手」這麼好的比喻，前後連貫一致，尤其末段更是韻味十足，補償了前兩段的過於淺白。當然，前兩段若能稍加修飾，效果必然更佳。你何妨一試？

5 早期的形式

另外，二、三〇年代的中國詩壇在徐志摩與聞一多等的帶動下創造了不少被稱為「格律詩」的形式，目前看來雖已過時，但也不妨當作參考，如：

①我撿起一枝肥圓的蘆梗，
　在這秋月下的蘆田；
我試一試蘆笛的新聲，
在月下的秋雪庵前。
（徐志摩，全詩七段，均採此一形式）

②輕輕的我走了，
正如我輕輕的來；
我輕輕的招手，
作別西天的雲彩。
（徐志摩，全詩七段均同一形式）

③這是一溝絕望的死水，
清風吹不起半點漪淪。
不如多扔些破銅爛鐵，
爽快潑你的剩菜殘羹。
（聞一多，全詩五段均同，俗稱「豆腐乾體」）

④我們靜靜地坐在湖濱
聽燕子給我們講南方的靜夜。
南方的靜夜已經被牠們帶來，
夜的蘆葦蒸發著濃郁的情熱。——
我已經感到了南方的夜間的陶醉，
請你也嗅一嗅吧這蘆葦中的濃味。
（馮至，全詩四段形式同）

除此之外，還有獨白體、整首不分行的詩（如聞一多的〈奇蹟〉一詩）、十四行等等，但僅由以上的例子即可看出整齊對稱是這些形式所追求的，而字尾押韻也是他們的特色。這些詩例

——尤其是豆腐乾體，一度被稱爲「戴著鐐銬跳舞」而遭揚棄，但至今仍多多少少影響了海峽兩岸不少的詩人，他們雖不一定採取相同的形式，但「整齊對稱」一直是許多詩人苦苦追求的，有時不只一首詩，甚至整本詩集都追求相同的形式，這樣的精神也著實令人佩服。老實說，如果眞先能戴著「鐐銬」跳一陣子舞，再放開來改寫「自由」詩，倒不失爲寫詩的一條捷徑。

6 青可出於藍

前人用過的形式，後人當然可以再用，因爲重要的是詩的實質，形式只是幫助提昇了此一實質。比如商禽的〈凱亞美夏湖〉一詩：

比水的清洌
更遠的
是林木的肅殺
比林木的肅殺
更遠的
是山的凝立

比山的凝立
更遠的
是雲的蒼茫
比雲的蒼茫
更遠的
是天的渺漠
比天的渺漠
更遠的
是我的　望　眼

這首詩採取的是修辭學中由近漸遠的「層遞」的形式，到了末句是一大轉折，表示「我的雙眼可以看得比天的渺漠更遠」。余光中在民國七十四年也採取了與此形式頗為雷同的手法寫了一首〈望海〉，原詩如下：

比岸邊的黑石更遠，更遠的
是石外的晚潮
比翻白的晚潮更遠，更遠的

是堤外的燈塔
比孤立的燈塔更遠，更遠的
是堤外的貨船
比出港的貨船更遠，更遠的
是船上的汽笛
比沉沉的汽笛更遠，更遠的
是海上的長風
比浩浩的長風更遠，更遠的
是天邊的陰雲
比黯黯的陰雲更遠，更遠的
是樓上的眼睛

商禽的詩寫的是望湖，然而所見的是蒼茫茫一片，很像看一幅中國山水，余光中寫的雖是望海，但卻從很近的岸邊慢慢往外推，先是黑石、晚潮、燈塔、貨船，漸漸才是不可捉摸的汽笛、長風、陰雲，直至成爲一片海水茫茫，後者較易讓讀者在想像中模擬出清楚的形象，尤其末句用「樓上的眼睛」點出望海人的位置，還要比前者「我的望眼」要來得清晰有力，而且不必是我，是任何望海的人。

因此後者雖採取了前者相同的形式，但在形象的建立上似乎稍勝一籌。也因此，即使是採取與別人相同的形式甚至若干相同的字眼又何妨，在古詩詞中豈不是屢見不鮮？但「更為有力」、「更具詩的實質」，顯然是必要的。

7 形式非絕對

整齊對稱固然是詩形式最常見的一類，也不管是幾行一段，然而卻不能保證這樣的形式就會是詩，如陳敏華的〈山水歌〉：

青水灣　碧水河
流漣相會合
重山巒　疊山嶺
浮雲環繞中
日影斜　秋光麗
長空一覽無際

綸線長　壺囊滿
獨釣山水間

這樣的形式不只押韻，還相當齊整，應該是漂亮不過了，然而詩意卻很弱，其因無他，內容創意不足而已。雖然作者的心境是清澈的、情感是真摯的，然而所寫的非一種「發現」，而只是主觀的「感覺」而已。底下另舉商禽的〈咳嗽〉一詩爲例，可看出形式的整齊並非絕對必要：

坐在
圖書館
的
一室
的一隅
忍住
直到
有人把一本書

歷史吧
掉在地上

我才
咳了一聲
嗽

其中第二段「忍住」二字單獨挪出，效果反而特別，放進前一段或後一段好像總是差些，這便是一種「發現」。

第三段用「歷史吧」而不用「地理吧」、「詩集吧」，顯然作者對所謂「歷史」還帶有些嘲諷的味道。而第一段的兩個「的」字單獨列行，以及末段一句分成三行等的分行形式，都造就了這首詩語調節奏的輕鬆。

這樣的形式看似隨興，卻是「自創」的，雖然不值得鼓勵，但總比前舉「山水歌」一詩的形式更富有創意吧？至於內容的實質方面，「咳嗽」一詩寫的是每人都可能有的經驗，且將「咳嗽」二字到詩末才點出，讓人在讀的當中好像都得把「嗽」忍住似的，趣味於焉而生。而「山水歌」則予人的僅是一張模糊的山水畫面，讀者很難走入畫中去領會，卻只泛泛感受到幾組古老的辭彙在來回浮動而已。

固定的形式不論是沿襲前人或自創，乍看像是「鐐銬」，但對初學者而言不妨將之當作一種「規範」，爲了符合某種形式的「規矩」，不得不把內容勤加琢磨修正，這種硬工夫常有意想不到的效果。

然則既然形式可以隨內容而自創，則每首詩可自尋不同的形式，儘可能作到增一「行」（或字）則太肥、減一「行」（或字）則太瘦，達到精簡與精緻的境地。而形式不宜過分隨興、內容不宜大而無當，十行內可以完成的，絕不礙於形式的美觀整齊而拖拉成二十行。**如果覺得沒有形式的形式是一種過度自由的苦刑，則何妨戴起「鐐銬」**跳舞。

晦澀與明朗

1 爬心中的山

讀詩譬如爬山——循著文字，爬一座心中的山。有的山走了幾步，便無路可循，要自己認眞摸索；有的山看似險峻，才疑迷路，眼前又出現羊腸小道；有的山標誌清晰，階階在前引導；有的山才走兩步，便已到頂；有的人乾脆開一條公路，蜿蜒直上，但眼下風景絕不讓你失望……總之，要是你爬過各式各樣的山，你也會碰到千奇百樣的詩。山有千座，但爬山的人只有兩種，有人非貌似不可攀不可登、險阻重重者不去，有人則非可「走上去」或「坐車上去」的不去。詩有萬首，讀詩的人可能也有兩種，有人非文字曲折歧義眾多折磨心智者不覺過癮，有人則喜好文字淺白意境深遠一讀就懂再讀會心的詩，否則必擲之於牆或燬之於爐。

爬山與讀詩最大的不同可能是，詩不想再讀時可隨時抽身退出，但山爬到半途，卻很難連滾帶爬地下山而去。還有一點不同，爬山的人對要爬的山總心存一點尊敬，讀詩的人則多半對要讀的詩心存疑慮，就怕白去白回。更有一點，想「走上山」的人比想「攀登上山」的人多了很多，同理，想輕鬆「掠過」一首詩就心領神會的人，也比想鑽入文字叢林老半天才尋著出路的，顯然也多了很多。這即是，喜歡明朗詩的人顯然比喜歡晦澀詩的人占了優勢。然而明朗與晦澀畢竟是極端的名詞，明朗並非就好，晦澀並非就不好，就像攀登上山的與走上山的也無好壞之分，以人數多寡來斷優劣，顯然非常危險。

2 深淺有四種

因此使用「晦澀」與「明朗」來判定詩的優劣，常有誤差，改用「深」、「淺」或許好些。凡是「淺出」者大概是明朗的詩，凡「深出」者則多半晦澀。明朗詩晦澀詩與深淺的關係約可粗分為：

①淺入淺出：明朗的，內容貧乏，語言平淡，可能不是好詩。

②深入淺出：明朗的，內容豐富，語言淺易，應是好詩。
③淺入深出：晦澀的，內容貧乏或模糊，語言深奧，可能不是好詩。
④深入深出：晦澀的，內容精彩，但語言深澀，有可能是好詩，也可能是壞詩。

顯然的，「深入淺出」的詩多半恰如其分，是大家所喜愛的詩。「深入深出」的詩艱澀難懂，但頗有內涵，可能只有部分人喜愛。「淺入淺出」可能毫無可觀，「淺入深出」可能讓人摸不著頭緒。底下各舉一例，在閱讀後面的說明之前，請你先仔細研讀後，試著自行判別它們可能是「淺入淺出」、「淺入深出」、「深入淺出」、「深入深出」等之中的哪一種：

第一首：下午　◎林承謨

一群小孩在庭院內捉迷藏
銀鈴的笑聲把整個陰森的下午
染成我童年的一幅印象畫
我猛猛的關住紗窗

而聲音
一連串的聲音

又從附帶灰塵的細格子裡鑽進來

第二首：杜鵑　◎詩亞

春神的腳步
總是輕輕的　姍姍的
多情的杜鵑　難耐等待
竟然以血淚
染紅了半個花城
讓賞花的人兒
先品嘗一點詩意

第三首：一片蘆葦　◎楊拯華

臨帖一片蘆葦
印象竟是
一紙煙雲
筆墨過處

山川不可夢的懸宕
俱化朵朵荻花
荻花朵朵
擷出水前
一無尋處的
溶溶新雨

第四首：鏡子 ◎羅英

面對
鏡子
她看自己
看燈光在衣服上
灑下淚的
雪花
在冷冷的視域之中

那一襲黑色衣裳
竟在渴的烈焰中
燃燒起來
脫下未曾述說哀傷的
衣
將哀露的
身體
原石般投進
河那般的
鏡子裡
河是更洶湧的
她在河中泅游
流失

如果你已仔細看完上述四首詩，應該很容易就看出前兩首是「淺出的」、明朗的詩，而後兩首是「深出的」、晦澀的詩。它們的好壞，前兩首似乎頗易判定，而後兩首恐較費周章。底下即予以說明：

①第一首：這一首寫的應該是個成年人（或年輕人）在屋裡聽到或看到庭院內孩童們喧鬧的情景，想起自己童年的某些景象，不免有些傷感，於是「猛猛的關住紗窗」，此句雙關，一方面外面過於喧鬧有擾安寧，一方面那些童年的印象偶爾一閃即可，不宜過度懷想。然而第二段說孩童的聲音關也關不住，偏偏又從窗櫺的細格子間滲透進來。此處用「附滿灰塵」四字，便使這三句充滿歧義，一方面是實情——窗上的確有灰塵，外頭鬧音仍然滲進，一方面是童年雖已遠去，記憶早已陳舊，但仍不免鑽到現實中來。短短的一首詩，將實景與心中的感情拴在一起，很多言外之意留待讀者去思考，可說寫得相當成功。此詩沒有一句看不懂的，是屬於「深入淺出」的好詩。

②第二首：這首寫的當然是杜鵑花，內容主要寫它們在城裡盛開的情景。詩中比較有點詩意的是三四五幾句，試圖以「杜鵑（鳥）啼血」的典故來烘托杜鵑花的盛紅，然而末兩句草草結束，讓僅餘的一點詩意頓然消逝。此詩內容並無新意，用的典人人皆知，作者即興寫來，並未仔細經營。是屬於「淺入淺出」的詩，應不是好詩。

③第三首：讀來令人一頭霧水，好像是要用國畫的方式畫蘆葦，因此有「臨帖」、「筆墨過處」等詞，但「不可夢的懸宕」、「擷出水前」、「溶溶新雨」等都不易讓人了解，也許作

者認爲蘆葦的款擺不易捉摸，如煙雲所化的新雨，但整首要找到較妥當的形象，恐怕不易。也可以說作者並未將他所見的景象（也許很美）或心中感懷（也許很感動）找到適當的詞句予以表達，結果寫出來並不易讓人體會（但作者並未自覺），他可能認爲已適切表達。此詩屬於「淺入深出」的詩，不是好詩。

④第四首：這是屬於內心獨白的詩，作者用第三人稱來表達。讀這首詩要緩慢的讀，可能必須兩三遍才比較能抓住原意。第一段說「看燈光在衣服上灑下淚的雪花」，是比喻，因爲燈光不會灑淚也不灑雪花，灑淚的是人，指的應是燈光照在衣服上的反光，「她」或許有點淚眼模糊，燈光就有可能虛幻起來。而此段強調「衣服」是爲了後面一段鋪排。到第二段讀者才知「她」穿的是黑色衣裳，也許暗有所指，比如喪夫之類。「竟在渴的烈焰中燃燒起來」，黑色衣服並不會自己燃燒，「渴」指的應是人，「渴的烈焰」可能指的是「心中強烈的慾望」，不一定是性，也可能是對愛的回憶和需求。到第三段「脫下未曾訴說哀傷的衣」，「哀傷」應與「黑衣」有關，「脫下」是呼應上段黑衣「燃燒起來」。「原石般」（指赤裸）投入「河那般的鏡子裡」，河平靜時可能如鏡，鏡平張可能如河，在這裡是一種幻覺，好像站在無波的河邊看到自己的倒影，那麼站在鏡前可能也有這種錯覺。投入鏡子中不可能，投入河中卻有可能，這種鏡與河的對換，遂產生末段的結果：「河是更洶湧的／她在河中泅游／流失」，我們無法

預測作者的原意，不同讀者可能有不同解釋，可能有人說她自殺了，可能有人說她只是暫時進入面對自我的一種幻覺，可能有人說她投入慾望洶湧的河流中，迷失於「渴的烈焰」中。你看，這首詩竟然費了這麼大的勁來解釋，可能還沒解釋清楚。不過，你應可同意，這是一首「深入深出」的詩，作者把許多的細節原委通通省略掉，只抓住「她」面對「鏡子」的那一刻，全詩即以此爲焦點，再緩緩展現。這種「深入深出」的詩予人「冷冽有力」的感覺。

3 淺入輸深出

明朗的詩一讀就明白，可能好可能不好，晦澀的詩一讀不易明白，須二讀三讀，不過有時好有時不好。「淺入」的詩有時是作者偷懶，想得不夠好，沒有自己的新點子，有時則是在傳達時誤以爲所寫的詞句已「完成任務」。因此想要「深入」想得「周詳」是必要的，像安排策劃一項計畫一樣，要能自圓其說、毫無漏洞才行，比如前舉的第一首〈下午〉、第四首〈鏡子〉，讀者怎麼看，眼前都容易出現一張頗能自圓其說的圖畫（形象），讀者即因心中此畫面的形成而能追索原詩的原意和言外之意，這時詩是要「淺出」或「深出」，就不是挺重要的了。

4 明晦非好壞

詩不是謎語，但有時詩人卻把它寫得像謎語。很容易就破解的，常被歸於明朗，卻又怕它清澈見底，毫無餘味；詩人不願意把詩寫成晦澀，卻因處理字句時欠缺功力或一時失手，自認明朗卻是晦澀。如果明朗代表可解，晦澀代表不可解，則好詩常常落在明朗與晦澀之間，在可解與不可解之間。而如果明朗代表清楚且有餘韻，晦澀代表不清楚因此也找不到餘味，則好詩應寧可能明朗。但如果明朗是平淡，晦澀是混沌，則好詩應是既不平淡也不混沌。這樣說來，明朗與晦澀似乎都不是形容好詩的最佳辭彙。

其實，明朗與晦澀應都屬於中性詞藻，明朗是透明清晰，晦澀是隱晦難懂，前者平坦易走，後者曲折難行，但可能都是作者有意安排設置的，明朗是不怕你懂，晦澀是就怕你懂。明朗是不用你費力，晦澀是就要你費力，這也是爲什麼讀者易接受明朗而常排斥晦澀。問題出在於：明朗離平淡平凡很近，晦澀離無解的死結也很近。詩若能避免這兩個極端，則明朗與晦澀都不算太差的詞。下面舉的這兩首詩一是明朗一是晦澀，但卻可能都是好詩：

瞭望者 ◎鍾鼎文

我站在山崗上，
瞭望著遠方——
而在我前面的山崗上，
也正站著一個瞭望者，
也正和我一樣的
瞭望著遠方。
鍍上夕陽，而又染上暮色；
他的姿態是一座古老的銅像，
獨立於宇宙的蒼茫。

觀音

◎羅智成

柔美的觀音已沉睡稀落的燭群裡
她的睡姿是夢的黑屏風；
我偷偷到她髮下垂釣，
每顆遠方的星上都大雪紛飛。

前面那首應再明朗不過，語言平常無奇，但營造出的氣氛和形象，因有前後層次、顏色和背光的姿勢，易在讀者心中出現明顯的畫面，讓人可感受到一種蒼茫之美。此詩讀來毫不費力，作者不怕你懂；而還希望你讀後也能有站立山崗瞭望遠方且在暮色中有如銅像般屹立不朽的感覺。後頭那首詩則就似乎相反，短短四句卻要你費盡腦筋，關於發生的場地和詩作的目的恐怕都很難了解。尤其「每顆遠方的星上都大雪紛飛」一句究指何意，恐怕最費勁了，如果你把它想成「星光就像雪花」，也許也只能暫時滿足而已，仍然掉在作者故意設置的陷阱裡爬不出來。前面那首不是謎語，後面這首就像極了謎語，而且是很難解開的啞謎。而這樣有晦澀味道的詩作之所以仍可能是好詩，大概就是優雅的詞句間隱藏的神秘感，以及讀者於潛意識中對觀音（也可能包括「觀音山」）本身的認同吧。

5 優美的詞藻

詩能夠寫得明朗又好，當然是一種功夫，不但用語要簡單明瞭，無廢字廢語，字字讀去，可以連結出清晰的畫面，而且對主題的掌握要恰到好處，比如底下謝芳郁的這首〈反省〉便是這樣的詩：

對準目標
我射出一把
鋒利鋼刀　冷冷地
那一頭
中了刀的我的形象
撫著傷口向我乞援
對準目標
我狠狠地
射出第二把——

此詩的詞句都沒有前舉兩首詩中諸如「鍍上夕陽」、「染上暮色」、「夢的黑屏風」、「髮下垂釣」等比較優美的詞藻，而是一些「對準目標」、「射出一把」、「冷冷地」、「狠狠地」這樣極爲尋常的字句。而且讀者在讀第一段時，並不清楚「目標」何在，作者到底把鋼刀射到哪兒去了？結果讀第二段時馬上有了解答，原來那一頭是另一個中刀的我，「反省」中的我。而「撫著傷口向我乞援」的我則是射刀的我。作者怕讀者誤會兩個我有何不同，因此用「我的形象」來代表另一頭，好像是鏡子中「我的形象」一般。末段用「射出第二把——」來強調「反省」的主題，眞是乾淨俐落。讀者讀詩時並不會把這事當眞，但卻會不斷與「反省」的題目相互印證，終於得到滿意的解答。顯然的此詩若無法在讀詩者的腦中建立起一清楚的心象，則僅憑其平淡的詞句，是容易失敗而無所遁形的，這也是爲什麼很多詩要儘可能使用優美的詞藻來防止此項失敗。比如吳淑眞的這首〈九月〉：

殘了紫色的蓮花以及那藍色的小船，
藍色的小船，請歸向北北東，
從異地寄妳以一枚迴旋的風信子，
雕花的影子在月白的花影下獨立，
歌聲飄過來，你靜聽，
沉醉的夢鄉，甜蜜的雞尾酒，以花痕飲罷，
搖首，
記憶是串風鈴，響在靈魂深處，
落帆待月升起，你伸出一隻手，
綠色的絲手絹飄落下來，跟著沉落下來的，是暮色光亮的金粉。

此詩用了一大堆優美的辭彙，但似乎對讀者幫助不大，很難清楚作者的意圖何在，第四句說「月白的花影下」，倒數第三句卻又說「落帆待月升起」，令人難以捉摸。仔細讀去，顯然的末四句比較「明朗」（可解），也是此詩最好的部分，而其餘各句都是相當「晦澀」（不可解）的，包括「藍色的小船」、「以花痕飲罷」等都很難明白究係何指。而比較「明朗」的後四句，用的詞藻也相當漂亮，包括「你伸出一隻手／綠色的絲手絹飄落下來」也不難想像。也可以說，明朗與晦澀本來應該與使用辭彙的優美與否無關，但由於作者容易「沉迷」或「迷信」優美漂亮的辭彙，而常使一首詩「淪陷」其中而不自知，乃至整首詩過度晦澀難解。為此，詩使用優美的詞藻應該有所節制，否則比較容易發生「以辭害意」的現象。

6　三首母親詩

底下有三首寫母親的詩，請你仔細閱讀後，再試著回答後面的幾項問題：

第一首：**媽媽**　◎曾美玲

媽媽是四月的風笛
緩緩鳴囀曲曲天籟——
春泥騰翻
燕巢喃喃
秧田淥淥
白鳥翩翩……

媽媽是四月的風笛
布穀鳥知道
風車花泛起笑意
她心靈最完美的吹奏，是
搖籃的
我

第二首：**停電** ◎李　男

停電以前，我們圍坐在小小客廳

等待電視連續劇開始
停電以前，所有的人，散坐
在世界每個角落，等待；
有的生命，結束，有的
開始，這一切靜靜，在連續劇
尚未連續，在停電以前

母親，像您離開一樣
我們也不能阻止停電
在忽然暗了的屋子
我在想，是不是整個世界
都暗了下去，是不是，母親
您去的地方也同樣黑暗

五歲以前，星星在夜空
像我不甚解事的眼睛在您懷內
母親，我記起那時的夜風

清涼，圍著庭院圍坐的我們。
甚至停電以後，母親，我在暗中
猶如仍在您溫暖的胸懷，望著
父親坐的方向，一支煙頭
孤單，明滅

第三首：梧桐葉落的下午 ◎楊子澗

我只要靜靜地坐個下午
不知娘怎麼了
還蹲在老梧桐下張望
那條小路
空空的枯枝長在空空的天
還能有些什麼　自從
爹去打仗
聽說　硝煙味和
梧桐　葉子飄落了滿天

娘就那樣一直蹲著，後來
　　我也學會
張望
那條小路被風吹得彎彎的
我踩著爹踏過的狗尾草
很高興能去打鬼子了　回頭時
娘仍蹲在那兒
怔怔地　淚也不流
就這麼三十年
梧桐葉一定又開始掉落了
娘一定還蹲在那兒張望著
娘一定還認得我
咳
我只要坐一個下午
和我的影子

靜靜地

想

上面三首詩讀完以後，請你略在心中暗暗度量，並比較下面幾個問題：

①三首詩中你覺得哪兩首詩比較明朗？這兩首比較明朗的詩中，哪一首的涵意更爲清晰？

②三首詩中你最喜歡哪一首詩？是因爲它晦澀或明朗？是明朗的好還是晦澀的好？

③三首詩中哪一首用了較多優美的詞藻？用得好不好？對詩本身幫助大不大？

④三首詩中哪一首較晦澀難懂？如果努力一點，你能否將它解釋得讓自己也滿意？你是否覺得這樣有些晦澀的詩也可能是好詩？

（用✓（肯定）或×（否定）回答）

問題 / 詩題	問題①		問題②		問題③		問題④	
	明朗	更為清晰	晦澀	是好詩	最喜歡	理由	優美詞藻	有幫助
媽媽								
停電								
梧桐葉落的下午								

題材與角度

1 題材有角度

天下無事無物不可入畫，當然也無事無物不可入詩。然而有人一輩子卻只處理一兩種題材，如畫人畫蝦或畫魚畫猴，不斷地變換方位或動作，並以此自得其樂。寫詩很難只一直處理一兩種，卻有可能只處理一兩類題材，比如你很難寫一百首蝴蝶的詩，但有可能寫兩百首各種動物或昆蟲的詩。當然也有人什麼都畫都寫，山水美景、戰爭場面、街頭景象、殘崖斷壁、一草一木、甚至奇幻夢境……等等，凡日常所思所見，其實無不是繪畫或寫詩的題材。

即使是同一題材，因爲每個人觀察角度的不同、各人學養及經驗的不同，處理後常呈現迥異的面貌。有人面對某一題材，費盡心思，也只有一兩種想法，但如果將別人的其他想法也收集過來，並置比較，會發覺原來可以有各種角度和感想。這也是爲什麼「太陽底下沒有新鮮事物」，繪畫和寫作卻可以永不停止。別人這樣看，你無妨換個角度再看，別人往下看，你不妨往上看。比如有個畫家素描維那斯或阿波羅石膏像，很少採用正面或側面的角度，而常常畫背面、上面、甚至由下往上看。那樣的角度在其他人看來似乎是不美的，有時還是醜陋的，畫家則認爲那才是個挑戰，如在其中看出美來，或者將醜存眞地呈現出來，豈不也是一種完美的表現？值得一提的是，即使你只採用尋常人的角度，比如仍是正面或側面，但透過呈現的感覺和用筆用色用線的差異，展現出來的很可能仍迥異於他人，但先決條件必須是，你的技巧要比別人高明，你的感覺要比別人敏銳，否則畫出或寫出的作品，很難超越前人。當然，對初學詩的人而言，下筆前並不必太在意別人曾用過或已用過什麼角度處理過某一題材，仍可自寫自的，只要把心中所感所想盡情抒發即可。但有時也不妨試圖跳脫尋常眼光，多作角度變換，把題材三百六十度旋轉，偶爾也戴起顯微鏡或望遠鏡，將它拉近或放遠，必然會有許多新發現。

2 角度立體化

多讀詩是要多看看這世上曾開放過的「心靈的花朵」，由那裡可以獲取美感和共鳴，等將來有機會也要「自我開放心花」時，能了解什麼樣的「花容」是最恰當最精彩的。對同一題材不同角度的比較，則可讓自我在觀察事物時學習「角度立體化」，不會老是「死腦筋」似地「想不開」。比如比較底下三首寫溪流的詩（爲節省篇幅，以短斜線代表分行）：

第一首：**溪流** ◎傅文正

山澗道上／絲道般閃眼的溪流／在腳下延伸著／伸過山壁／伸過叢林／伸過濃聚的耳語／伸過孃孃吹煙的村落
在世界這一泓偌大的潮流裡／我也像一股溪流般地流著／冀望有一日／能擺脫澗裡石頭的糾纏／和林裡小鳥們的喳喳睫語／傲然轟成驚濤駭浪

第二首：**溪流** ◎陈坤崙

從高高的山上／流到低低的平地／遇到石頭我發出聲音／有人把這聲音／說是我重重的心事／有人把這些聲音／說是美好的音樂
不管你們說什麼／凡是我流過的地方／祇要是石頭／必定被我洗得乾乾淨淨／祇要是泥沙／必定沉到我的腳底下／你可以一粒一粒的數
不相信／你可以丟一把泥巴／一塊髒透了的石頭／我立刻把它／清洗乾淨／

從高山到平地／我不停地工作／不停地清洗我的道路

第三首：小溪　◎聞一多

鉛灰色的樹影／是一長篇惡夢／橫壓在昏睡著的／小溪底胸膛上／小溪掙扎著，掙扎著……／似乎毫無一點影響

姑不論這三首詩的好壞，以選取題材的角度來看，第一、二首乍看似乎比較接近，但細看才知也有很大差異。第一首溪流是溪流，我是我，「我」在生命的流動當中，雖不免也如溪流般，爲許多喜怒哀樂人情世故所纏繞包圍，但「我」並不滿足，希望日後能走到出口，能「驚濤駭浪」，此處溪流的成形是「我」所必經的相似過程，但過度的纏綿卻是「我」想掙脫的。第二首的溪流則與「我」幾乎溶爲一體，我就是溪流，溪流就是我，既自足又自滿。作者借助溪流「自清自淨」的功能自喻，生活上一切困苦的石頭和憂愁的泥巴似乎都可在他「不停地工作」下獲得清洗，甚至發出「美好的音樂」。這兩首詩的主題非常明確而正面，帶有自許自期的生命感。但若與第三首比較時，又如何呢?第一首十三行，第二首二十二行，第三首只有六行，採取的角度卻極大不同，「我」在第三首中似乎是不存在的。只有小溪本身在演出，頂多再加小溪身上的樹影。由樹影與小溪的關係來看，其實二者是二而一，一而二的。樹影的產生顯然要有現實的樹，

但詩中未出現，就像噩夢的產生是現實的反駁或映照，詩中也未提。做完噩夢總是要醒來的，小溪流經再蔥鬱的樹林，最終還是流得過的，詩中將此二者互比，但比得天衣無縫，眞正讓你看到的是一個帶有動作感的畫面，尤其是第五句用「小溪掙扎著，掙扎著……」來展現小溪從陰鬱的樹影中掙脫而出的形象，句子簡單而傳神。第三首的主題並不如第一、二首明確，它所描繪的角度乍看是在寫小溪與樹影的景象，「我」表面上不存在，底子裡最多只是被噩夢壓在胸膛、潛藏於小溪的隱喻中。這樣看來，小溪是自足的，「我」並未積極參與，只是賦予小溪生命化，也有胸膛也會掙扎。但細看，「我」似乎又無處不在。這樣的寫法與前二首差異極大，讀者很難判別到底是只寫小溪還是也寫了我，小溪究竟是不是暗喻著「我」、甚至整個社會？簡單一點說，前二首的「我」若代表主觀的思想或感情，溪流代表客觀的景物，則此主客都非常顯明，甚至主觀的我以積極參與的態度凸顯了其意圖，並不含蓄。而第三首的主觀情智則隱而不見，潛藏於景象之下，讀者只能透過景象的表象演出，去揣摩作者內心的意圖，讀詩的情趣即在此曖昧的揣摩中獲得，這樣的表現手法是「以退爲進」的，讀者的想像空間要較第一、二首來得大。亦即，第一、二首讀者需要努力的程度較有限，而第三首既可只讀表面（小溪與樹影畫面），也可讀進去（小溪似有他指），因此其彈性較大。可讓讀者努力程度較大的詩，讀者獲得的樂趣有時相對也較多。

3 題材玩不完

不同時間爬同一座山，所見應有不同，更何況不同的人、在差異頗大的心境下？因此，世界上的事物總描繪不盡，能夠引發的主觀情思眞是見仁見智。奇特的經驗，比如探險，固然讓人神遊，然而如何從日常事物中見出不同來，似乎更値得注意。前面所舉的「溪流」在很多人看來，似乎不曉得還有些什麼好描寫的，但就一個心思感覺敏銳的人而言，他似乎會因喜歡溪流而有很多細緻的感懷是別人不曾傾訴過的，比如楊亭的〈靜靜流水〉一詩：

最後是流水的聲音，騰醒
我們的夜宿，我們
愛聽的水聲不停地向前傳來
向我傳去，流水彎彎
有許多岩石擁著年輕的水花
輕笑
我們就這樣坐在岩石上

聽流水的聲音
山谷裡
有些寂寞相對的燈光
靜靜地亮著，誰也
不肯先說，今夜
今夜的水聲，多麼
好聽

這首詩雖然只是「夜晚聽水聲」這樣簡單的感覺，但第一段「有許多岩石擁著年輕的水花／輕笑」，第二段「有些寂寞的燈光／靜靜地亮著，誰也／不肯先說」等句，均輕柔優美，如果能將首段兩句精簡些，第二段前三句省略，則整首詩將更凝練，題目或可改爲「夜宿溪邊」之類。

然而仍有許多溪流或河流的詩繼續出現，如：

就是這些漣漪／曾經迷惑了許多小孩／把他們童年的紙船／放在你的臉上／
捉你的笑容
就是這些蘆葦／小孩喜歡抓它的白髮／把成年後的故事／撒在你呼吸的風裡
（成培培〈河流〉兩段）

這條河很重、很藍／載著可數的無限的時間／和不可量的歌和酒／貫穿於顫抖的大氣中／聽橋的呼吸、樹的凝神……／和一種創造世紀的構想

（汪亞青〈這條河〉末段）

前者寫河流與童年的關係，後者寫對河流的景仰之情，不論成功與否，他們都試圖將心中由某個角度所觀察和感思到的河流流洩到紙上來。溪河都如此了，那麼其他的題材不也相似嗎？而你心中的溪和河又是何等面貌呢？何妨閉目沉思，浮游而去呢。

4 萬物等同觀

天下事固然無奇不有，但詩所處理的絕大多數都是再平凡不過的題材。有些題材在常人看來，不只平凡，而且還貧乏，比如「木屐」、「蜘蛛網」、「蟑螂」、「門牌」、「雨」、「停電」、「椅子」、「傘」、「枯樹」、「藕」、「嘔吐」、「小草」……等等，這些事物對一般人而言，接觸的頻率不但高，有些甚至惹人生厭。而詩人偏偏對這些日常事物有興趣，似乎頗值得我們加以追究。

原來日常事物並沒有眞正的美醜好惡可言，一隻蟑螂有什麼醜呢？純就構造的精密度來看，牠應該是美得不得了的生物，牠的精細正足以嘲笑人類所有笨重遲鈍的機器。如果再對牠的存活歷史有所了解，還頗值人類加以尊敬呢。於上蒼的眼中，牠存在的價值應該等同於人類；但在人類的眼裡，牠卻是齷齪髒亂的代表。很自然的，常人心目中，蟑螂並無可觀之處，其餘木屐、蜘蛛網、小草、椅子等等莫不如是，因爲它們太尋常了，它們與人類的關係幾乎一開始就固定了。詩人努力的，就是要打破這些舊有的關係、陳腐毫無彈性的老秩序，希望出以稚童般純眞的眼光重新對這些事物加以觀照考察，亦即要變換角度——比如放大、縮小、主客易位、擬人化……等——更主要的是，不再採取漠然的態度，而是肯注入自身思想感情，使萬事萬物在你眼光的關注中都溫暖起來。

如此一來，各種植物，如藕、小白菜、苦瓜、荔枝等等豈不是樣樣美觀非常、品味殊異的有生命的寶玉？各種動物，即使如螞蟻、蜘蛛、蚊子、蒼蠅、老鼠等不也都是精良無比的肉體機器、習性迥然不同的小精靈？這也就是說，詩人不把自己放在萬物之上，而是將自己與萬物等同齊觀，化身爲各種角色，寫水稻時感覺自己就是吐穗垂頭等待微風的模樣，寫蚊蚋時頓覺自身嘴鼻伸長突出似乎帶了吸管，寫蜘蛛網時又覺自己就是想抵擋八方風雨置身八卦中央的蜘蛛，寫枯樹時但覺孤傲不群死抓泥土不肯服輸，寫小草中又感柔弱搖擺卑微無比……，這一切的一切，都是詩人試著將眼光將感情不再局限自己身上，而能謙虛地進入萬事萬物中，而當世界充滿的是情分相當，物我難分軒輊的萬事萬物，宇宙間豈不是生機盎然令人不捨，比起現實世界固定的老舊關係不就可愛多了？任何題材抓到手上，要獲得一個詩意的角度，不妨從這裡入手。

5 角度與體認

要與萬事萬物溶在一起，則對欲溶入的事與物需要一番觀照了解，否則「當」一隻貓走起路來可能搖擺得像哈巴狗，「當」一隻蜈蚣有可能前腳踩到後足，「當」一隻蜘蛛很可能不知從何處吐絲，「當」一隻軟枝黃蟬花有可能不知何時開花。比如以「茶」此一題材爲例，那是再平凡不過的了，常人可能喝了一輩子茶，關心的始終是好茶壞茶生茶熟茶貴茶賤茶，有的人關心的是茶道、是品茗時的過程，有的則注意茶如何養生養顏；而詩人注意的則是茶所有的屬性、特色、所有的可能，以及茗茶之前之中之後與其心境、思想感情可能的關係。這些關係多半是常人茗茶中不易注意得到、或者注意到了但並未試著以精簡的文字去表達出來。比如底下所舉詩例皆與「茶」有關：

第一首：茶　◎陳克華

茶，冷了

冷了一下午
便是黃昏的顏色

啜飲更覺
是夜了，夏夜
冰涼苦澀
而且越底下
越濃

第二首：茶與溫柔

◎葉翠蘋

微雨秋燈
一堆待蛀的書
考試是個惹火的東西
茶則用來冷卻
丁香、苜蓿、菊花瓣
平凡的茶袋奇異的芬芳

沸水一沖　你幽幽地說：
對我溫柔些

喝光了茶　蛀不透的書
索性無聊
把茶袋繫在窗簷下
用過的愛情還是值得留起來
風乾後
也許仍有清香
也許還聽得到幽幽的那句話：請對我們的愛溫柔些

第三首：茶杯定理（定理一）　◎羅　青

設圓圓茶几上
有　杯茶
設一杯是熱
一杯是冷

則圓圓房間裡必會
有　個人
一個還少
另一則老

上述定理
圓圓地球上的任何壹人
只要泡壹杯茶
安安靜靜，定可證明

第四首：茶葉的心事　◎蕭蕭

綣成一團，不一定是我的本意
回復三月東風陣陣的翠綠
或者秋末寒雨
又，何嘗是……

從火裡來，再到水中去
也不過熬來一身苦澀
苦澀，無論如何也說不完
山中晦暗的心情

一切都淡了
我還是沉下去又浮上來
浮上來找尋自己的臉
在淚水酸澀中
唯知出神　凝視
凝視你，身在茶杯外的風暴裡
擔著什麼樣的淒楚
萎成什麼樣的釅茶
仍然憂心杯內的我，與苦與澀

由以上四首詩可看出不同作者在選取同一題材時，會因本身當下的心情或人生體認的殊異而採取不同的觀照角度：

①第一首主要寫的是茶的顏色變化與夏夜心情的關係。茶色會因時間的擱置而漸濃褐，味覺也更苦，作者即以之與「冰涼苦澀」的夏夜互比。「越底下越濃」表面指茶的濃度在下端的比上端的濃，其實也指夏夜心境越晚越濃——下半夜比上半夜濃，越濃即越冰涼越苦澀。「黃昏的顏色」、「啜飲更覺是夜了」等句也是如此，一面指茶一面指夏夜。顯然的，作者注意到了冷茶予人的冰涼苦澀之感，一如孤寂冷清甚至寂寞難渡的夏夜之不堪啜飲。冷茶可倒掉，夏夜卻不能倒掉，將不能棄置的夏夜轉移至可棄置的冷茶上，正是自我調侃式的「移情作用」，那就像心情不好時去打球、游泳一樣，把目標轉移出去，心情會舒鬆許多。比如此時狠狠把冷茶倒出窗去，會暫獲發洩一般，下次再喝茶時，不妨將茶當目標，與當時心境做一番「切磋」。

②第二首把喝茶的過程與愛情的過程互比。此處用的是茶袋，由丁香、苜蓿、菊花瓣等組成，「平凡的茶袋奇異的芬芳」其實暗喻著「平凡的愛情奇異的芬芳」。沸水沖茶本是常情，首段末句卻說「對我溫柔些」，當然可解釋說沖茶不宜粗魯，宜細嫩輕巧，使芬芳眞能四溢才好。引伸來說，即是茶道是藝術，其優劣可左右茶香（此處用茶袋，與茶道似乎無關），正如愛情人人能談得，但談得好壞卻大異其趣。這樣說來，「沸水一沖」四字看似簡單動作，其實正指一般人喝茶大多粗手粗腳，能上道的還眞少；戀愛亦然。第二段說

「用過的愛情還是值得留起來／風乾後／也許仍有清香」，「愛情」二字代入「茶袋」二字就不是詩了，詩其實並不難寫啊。此處指愛情已去，但仍值回憶，一如茶袋用畢仍有清香，然而茶袋的殘留清香並不如愛情之可長久記憶，二者互比，正是以具體的客觀事物來暗喻主觀的情感，詩意便建立在此主客二者的相互滲透。第三段以「也許」開頭，表示不是很肯定，但或許正代表當初的期望並未實現，實在是一種遺憾。茶喝光了，愛情過了，仍如書之蛀不透，正是此遺憾產生的餘毒。

③第三首以茶的冷熱暗指人生的老少。茶由熱至冷是必然，人生由少轉老也是必然，這兩事在地球上必然會發生，那麼看來就像定理定律般顛撲不破了。此詩角度特殊，簡直像在寫數理定律般，故具特色，但這樣的詩往往只能一不能二。詩中「有　杯茶」「有　個人」皆故意空一個字，此空格可填入一可填入二，讓後面的敘述稍具彈性。但冷熱一杯即可證明，老少一人也可說清，這是三段敘述中既矛盾又統一、頗具機智之處。整首詩冷靜得像人生的公式，不像一般認知中的詩，甚具獨創性。

④第四首以製茶泡茶過程喻人生不可避免的苦澀。第一段即以茶的變貌暗指人生抉擇之困難，「翠綠」、「秋末寒雨」、「縮成一團」何者才是茶的本意，實難決斷。即使被熬製成茶，火來水去，沉下又浮上，縐的又張開，到底何者才是茶該有的面貌，這樣的無所適從也許正是茶苦澀的主因，作者即以之喻人生觀艱難困苦之不可避免。二、三兩段細寫熬茶

沖茶的過程，精緻細膩。末段的你應是指喝茶的人在生命的風暴中受苦其實與茶的一生無異。此詩並未提到茶葉予人的香醇，而偏重起初的煎熬與末了的苦澀。此首比第一首更深入，不局限於當下的心情，而是對人生深刻體認後的敘說。

6 我進入題材

所謂茶的苦澀、濃淡、芬芳、冷熱，嚴格說來並非茶的特性或感覺，而是人對事物觀照後比較出來的感覺，有的人對苦澀感覺深刻，有人對芬芳印象清晰，有人對冷熱特別敏感，但常人很少將這些感受與當下的心情或人生體認互做聯想，亦即茶是茶，心情是心情，人生是人生，它們之間的關係非常微薄、甚至是沒有關係。詩人則特別強調、甚至故意去「強化」它們彼此間看來若有似無的關係。舊關係只是齒頰留香、手溫微燙、淡時喝得濃時不喝，都是實用性、感官性的。新關係原則是茶苦心情更苦、茶香愛情更香、茶冷歲月更冷、茶要熬人生更要熬，所謂的「角度」是「切入」後、是我「進入」題材後才產生的；冷眼旁觀、茶是茶我是我時，就很難有所謂「角度」可言。舉一反三，其他的題材亦可做如是觀。

秩序與焦點

1 重建與變焦

日常事物多數是雜亂的，並無所謂「秩序」可言，秩序多半是人爲的。也無所謂「焦點」，焦點是主觀賦與的。文學藝術需要秩序與焦點，同一事物由不同人來看可安排出不同的秩序，不同眼睛注視的焦點也不同。比如兩張畫，畫畫者的角度因主觀的好惡而可能作出差異極大的取捨，畫上的重心或焦點，當然會隨秩序之移轉而展現不同風貌。必須注意的是，此處所謂的「秩序」，是經過剪裁至最恰當時的安排，而非一五一十照單全收式的「按序記錄」。

許多人對經歷過的事或情感變化常能記得鉅細靡遺，便以爲只要將它們以「時間秩序」記錄下來，即是我們此處所謂的「秩序」。也以爲最難忘或最引人處即是所謂的「焦點」。這就好像擺了幾個靜物在眼前，便以面積占最大的花瓶爲焦點，其他靜物只是圍繞這花瓶排列其秩序罷了。或者畫風景，即以最高聳的屋宇大樹爲重心，其他景物只是襯托它們罷了。殊不知幾根香蕉或一顆蘋果，甚至蘋果上的幾顆水珠反而很可能是靜物畫面中你最關心的焦點，一排傾斜欲頹的竹籬笆或竹籬笆上的幾隻麻雀有可能是風景畫中你獨獨鍾情的重心。「秩序」常常需要「重建」，「焦點」有時要「獨具慧眼」。否則它們離眞正的文學藝術有段「不短」的距離。因此應該設法訓練自己的「心眼」，讓它有「變焦」的能力，而不只是固定的35mm的普通鏡頭，它可以是魚眼鏡頭、廣角鏡頭、長鏡頭、伸縮自如的鏡頭，對巨大事物有時可視而不見，對微小事物、別人注意不及之頹敗處反而特別關心，如此即使面對一堆廢墟，也應有能力「重建」起「秩序」和「焦點」來。

2 秩序非按序

以「時間秩序」的記錄方式寫下來的詩常缺乏詩意，以沈暐的〈閒情記遊〉爲例：

一卷書／一個伴侶／一分歡悅情／在搖晃的車廂裡／我們笑語盈盈／滲透窗

外的晴朗／田野青翠／在久雨之後／一切更清新／在山的入口／有竹枝出售／我們也要根竹枝／不是依靠／只為領略竹枝芒鞋輕勝馬的滋味／在蜿蜒的路上／我們攜手並肩／慢慢的向前／是要尋覓荒草／或是沉思心路的歷程
層層雲氣／陣陣山嵐／我們迷失了高度／記得嗎／不識廬山真面目／只緣身在此山中／好長的山路／好辛苦的攀登／不問海拔上多少／不記階梯多少／
只永記這次行程
還有高高題在望月亭上的／「穿巖越壑不辭勞／到此方知出處高／溪澗豈能留得住／終歸大海作波濤」

此詩將入山的心情、買竹枝的經過、攀登上山的辛勞、高處讀到的題詩，眞是鉅細不漏地娓娓道來，不能不說有其秩序，但終非「重建」後「剪裁」過的秩序，其藝術性便大可懷疑。它的「焦點」好像是喜悅的心情，尤其是讀到那首題詩時，可惜的是此詩並非該爬山的人所寫。因此這首詩好像是日記了，它記錄了任何一個爬同樣山也會有同樣感覺的過程，而非作者特殊的體會，其詩意淡薄自不待言。

在「晦澀與明朗」一文中曾舉過鍾鼎文的短詩〈瞭望者〉，因未詳論，此處再重列並與之相較：

我站在山崗上，
瞭望著遠方——
而在我前面的山崗上，
也正站著一個瞭望者，
也正和我一樣的，
瞭望著遠方。

鍍上夕陽，而又染上暮色；
他的姿態是一座古老的銅像，
獨立於宇宙的蒼茫。

此詩也是登高詩，但著墨的重點非登高的過程，而是登至高處後的心境體會。他所寫的一開始也是個實景：站在山崗上瞭望遠方時，發現前面山崗上也另有一人在瞭望遠方，而那種獨立專注的姿勢，就好像山的一部分般，凸出在一切之上，宛如銅像般成了一種不變的姿態。其引發人深思之處也在此，宛如不斷地「向前看」就是人類恆久追尋、鍥而不舍的「萬古之情」。此詩的行數不及前面「閒情記遊」的三分之一，但「秩序」是重建的，作者割捨了長途爬山的其他過程、甚至其餘風景更引人入勝處，而獨擇夕陽將至、遠眺前方的一剎那景色和心境，不能不說要有很大的勇氣。

前面七句幾乎是白描，尤其前六句更是散文得不得了，但作者並不慌不忙。他先讓只有姿態沒有顏色的兩個瞭望者，一前一後站定後，才慢慢「還以顏色」，說他們「鍍上夕陽，而又染上暮色」，下一句則以銅像的比喻強調瞭望者不變、堅定的姿態，而其實這種銅像的感覺在當場看來是極端可能的；有此一句，整個畫面便更具安定之感，而且成了整首詩的重心。末句則是作者主觀超脫、孤立高處的心境，整首詩也因而不至於過度地落實，表面上寫的是站在前面的那位瞭望者，其實有「獨立於宇宙的蒼茫」之感的不正是站在後面的作者自己嗎？此種心境的「客觀投射」，對讀者反而更具說服力。

3 誇張與重複

普通事物在建構秩序時，常會加以「誇張」或「遐想」，使之不致過度拘泥於現實之上，比如下引賀志堅的〈籃賽〉一詩：

喧嘩
隱沒村一聲尖銳的銀笛

頃刻
世界在我的手上或腳下
輾轉
迴旋
高飛
低滾
追奔
馳騁
跳躍
投擲
任憑
兩極之間有多遙遠
拋出
即肯定了距離毫無意義
當我
豁出宇宙進入籃圈

驚慌
喊叫
鼓掌
狂笑
霎時為世界竟是如此渺小
訝異

「輾轉／迴旋／高飛／低滾」寫的是籃球，「追奔／馳騁／跳躍／投擲」寫的是球員，「驚慌／喊叫／鼓掌／狂笑」寫的是觀眾，都是平常無奇的動詞，可說毫不具詩意的秩序排列而已，但在此詩中，卻不失其「動感」，此與其他句子顯然有關。若第一段中不用「世界」代「籃球」，第二段不用「兩極」代「兩籃板」，第三段不用「宇宙」代「球」，則整首詩的詩意將刪減大半。此處的「世界」、「兩極」、「宇宙」即是一種誇張和遐想，但不也是球場上球員當時的心境？除籃球與籃板外，那時刻他還能關心什麼？詩中的此種誇張常能造成讀者有「增益其所不能」的愉悅之感。

又有時抓住一個焦點，常會利用重複的手法來重建其秩序。比如鄭愁予的〈下午〉一詩：

啄木鳥不停的啄著，如過橋人的鞋聲

整個的下午，啄木鳥啄著
小山的影，已移過小河的對岸
我們也坐過整個的下午，也踱著
若是過橋的鞋聲，當已遠去
達到夕陽的居處，啊，我們
我們將投宿，在天上，在沒有星星的那面

此詩的重心是「啄木鳥啄著，如過橋人的鞋聲」，整首詩便環繞著這個焦點來描述，最後並將之由近推遠，使之具有秩序之感。詩中「啄木鳥啄著」、「過橋的鞋聲」、「整個的下午」、「我們」等詞句都各重複了兩次，一如啄聲的規律迴盪般。此種安排是作者心中自建的秩序，重複也使得時間較具緩慢推移的感覺，可與「小山的影，已移過小河的對岸」及「我們也坐過整個的下午」等句相呼應。末句似謎語，模糊難猜，卻不失一種遐想。

4 重構與割捨

在詩中要建立的秩序，**是有所選擇的秩序**，**經過大膽剪裁後的秩序**，**它絕非事物原初的面貌**

，也非情感產生之時本來的狀況，要重構這樣的秩序，必須有割捨的勇氣，最好先凝聚一個焦點，其他事物再依此焦點排列其秩序。焦點也是內心自省後、情感思想的一個開口、一個出處，而且常是主觀認定的結果。整片湖因放入一條紅色小船而使湖面有了濃烈的色彩，整座山因蓋了一座夜晚有燈的小屋而使山有了溫暖的窗戶，整幅風景因擺上一支透明的玻璃瓶而使風景有了統一的視野。詩中的焦點也是如此，需要你積極熱情地介入，即使有點唐突也無妨。新的秩序即在此介入中重新建構起來。

5 不凡由平凡

日常事物尋常無奇者比比皆是，絕大多數人習慣於此「平凡」，很少會揉揉眼或換個角度、打破或重估，從平凡中再挖掘出不平凡來。尤其資訊媒介、衛星電視等的無孔不入，使得再新奇特殊的事物轉瞬間就來到眼前，也轉瞬間存入檔案，淪於平常事物之一而已。由於變易過於迅速，令人應接不暇，對文學以文字緩慢表達情感思想的耐心，便越來越難在年輕人心中建立起來。然而雜遝而至的繁華事物並不能令心靈長保寧靜或喜悅，無非是它們停留在心中的時間過於短暫——它們不必你費太多腦力，輕鬆來，也輕易去。文學則是以文字重新建構的世界，經過作者巧思安排後，情理事物在其中重獲秩序和焦點。讀者必須以自己的「心力」從文字中經過思維後，「欣賞」或「校閱」此項秩序，用的「心力」越高，越能從「欣賞」和「校閱」中獲得樂趣和喜悅。由於付出了「心力」，此項樂趣或喜悅較易久存心中，徘徊不去。更何況文學所表達的情感深度、思維的高度、上下幾千年時空的廣度，常非一般溝通時的語言、飛快的畫面等所能負荷，其能令人沉浸其中，獲得心靈的寧謐與安詳，絕非眼耳聞見的日常事物所可比擬。

詩人在處理日常事物時，免不了會給人「大驚小怪」或「少見多怪」之感，而這正也是新創秩序、重放焦點必要的步驟，否則「太陽底下並無新事物」（聖經語），將一切都看成「理所當然」，則文學家或詩人早就該絕跡了。

6 心推動事物

詩人「化腐朽爲神奇」、重擬世界秩序的工夫可由底下羅青的這首詩〈酒瓶椰子發展史〉看出：

昨夜爛醉回來的我
發了一陣酒瘋之後
又發了絕不再喝酒的誓

並以唐明皇淚灑馬嵬坡的心情
把家中最後一瓶最醇最香的
香檳，隆重埋入後院
樹起一方永恆的
戒酒紀念碑

今晨我精神恍惚的出門一看
怪哉！怪哉
但見那瓶香檳
竟然大模大樣的
生根抽芽懷起肥肥的孕來
肥如一尊介於檳榔與椰子之間的
彌勒佛，便便大腹之中
不時傳來咕嚕之歌，嘩啦之唱
唱時遲
那時快

大腹忽然一陣收縮
瓶口突的一聲巨響
只見一道道酒泉碧綠
四處噴灑
一點點酒沫花黃
隨風飄散

驚訝、興奮、緊張
又有點害怕的我
目睹此等奇觀
禁不住大聲怪叫
本能的抓起擋在眼前的
椅子，衝至酒瓶樹下
縱身飛上椅背
張臂抱住瓶口
就在準備張口狂飲的剎那

那噴射似箭的酒泉
突然都凝成了片片青綠的葉子
化成了翡翠的羽毛扇子
而目瞪口呆的我
則翻身跌了下來
跌入那把搖晃不定的椅子
摔成了一冊渾身無力的「酒徒列傳」
　一任扇底的微風
　　隨意翻閱

這是一首「大驚小怪」的詩，把我們尋常所見的「酒瓶椰子」眞正酒瓶化。詩的靈感應該來自「酒瓶椰子」四個字，從來也沒人認爲這個命名有什麼不好，但卻沒人將它寫成詩。於是詩人自己就編了個故事，把此椰子的來源虛構化，說是喝了爛醉、發誓不再喝、且埋酒自戒的我，竟是酒瓶椰子的始作俑者，整首詩娓娓道來，倒也頗能自圓其說，而且詩中一再地大驚小怪，恐怕也是酒醉未醒的關係。一件日常事物到了詩人筆下竟然如此戲劇化、生動活潑，令人也不覺莞爾，對我們都市中人日日見「酒瓶椰子」卻毫無所覺，豈不也是當頭棒喝？這首詩的成功主要即來自詩人敏銳的想像，從平凡中寫出不平凡來。此詩非常口語，即使將之連成散文式，仍然是詩。主要是詩人所描述的不再是事物原有的模樣或秩序，靜態事物因新擬的動作化秩序而使人耳目一新，焦點雖仍是「酒瓶椰子」，但非固定不變，而是由「酒瓶」轉成「椰子」，最後二者合而爲一。這些秩序和焦點的產生其實都是詩人所寫的酒徒——「我」參與，舊有的世界才有了新秩序、新焦點。無「我」則「酒瓶椰子」仍只是椰子而已，就不會這麼有趣了。因此日常事物其實大多是平凡事物，你的心境（比如此詩中的醉眼和幽默）和你的介入就是使這些日常事物「不平凡化」的最大原動力。

7 舊序到新序

底下有五首關於「蝴蝶」的詩，請仔細閱讀，並分別指出：

①什麼狀況是詩中世界舊有的秩序？

②「蝴蝶」在詩中扮演什麼樣的角色？

③詩中的新秩序是什麼？

④詩中最主要的焦點是蝴蝶嗎？要不，是什麼？

第一首：**蝴蝶**　◎牧　尹

教授先生從一首古典詩中
帶引一隻蝴蝶曼妙地
飛舞於課堂的花叢中
並努力為伊解析
每個飛旋的動作

一群用功的蝴蝶
飛旋
卻迷失在森林裡
眼見教授先生帶引那隻蝴蝶
愈飛愈遠

第二首：**蝴蝶**　◎羅　英

偶爾搬進屋裡來的
蝴蝶

帶來了滿屋細雨
當湖泊在桌子上
蕩漾起來的時候
蝴蝶棲於水上
是像框裡母親的遺容

第三首：**蝴蝶** ◎菩提

妳的眉心
是一方小小的廣場
目光散步到這兒來
星星築巢到這兒來
風和雨
倦了它們的瀟灑
也到這兒來
相思是混紡的情愫
寂寞常在這兒作繭

蕭是蕭
蛾是蛾
顧盼久久
流光去盡
我卻仍然不是
一枚隨妳眉梢起飛的
蝴蝶

第四首：白蝴蝶 ◎戴望舒

給什麼智慧給我
小小的白蝴蝶
翻開了空白之頁
合上了空白之頁
翻開的書頁

寂寞
合上的書頁
寂寞

第五首：**白蝶海鷗車和我** ◎羅　青

只因焉，在趕班車時，偶然，看到一隻，小白蝶
孤獨的，面對一大片起伏不定的屋瓦，挑戰式的飛著，便停了下來
——顧盼之間，頓然驚覺
竟忘了什麼叫海了

不過，車子總還是要趕的，海，也只不過是偶爾想想罷了，當然，
有時望著車窗外起伏的建築出神時，冷不防，亦會想出一隻無處棲
止的，海鷗面對全世界起伏不定的海洋

第一首中舊秩序是教授在課堂上解釋一首古典詩，學生聚精會神，教授眉飛色舞。蝴蝶引進詩中，只是隱喻，只是形容教授將詩的曼妙解釋得令人陶醉神馳。詩中的新秩序是課堂成爲花

叢，學生成了用功的蝴蝶，學著教授帶來的蝴蝶飛舞。詩的舊焦點是教授釋詩的神情，新焦點則是聲音表情幻化出的蝴蝶。

第二首舊秩序和焦點是桌上相框裡母親的遺容，睹物思親，令人感傷。蝴蝶好似母親臉上的笑容或表情。詩中的新秩序是相框的玻璃似湖泊，母親的笑容停在上頭，恰似蝴蝶棲在水上，蝴蝶不會帶來細雨，是遺容帶來哀情。

第三首是寫一位女孩有各種心情變化，而眉心將這些變化都充分展現，然而患相思的「我」如繭如蛾，並不能進入她的喜樂範圍，當少女眉飛似蝴蝶時，也非「我」帶去的。

第四首的焦點在蝴蝶本身的飛翔之姿，翻開闔起，好似只是封面和封底兩頁而已，「空白」與「寂寞」相對，正是詩人心境。

第五首的第一段寫的是詩人所見的舊世界秩序，但此舊秩序使詩人心境爲之一變——請注意「我」對舊秩序變到新秩序有決定性作用，好像自己就是那隻白蝶一樣，或末段的海鷗一般，必須面對人生的大海，不知該如何「棲止」。幸好人生煩忙，常要「趕車」，因此這樣的「害怕」或「恐慌」也只是偶爾想想罷了。詩的焦點由白蝶而海鷗而我，不斷轉移，其歧義、多義性也由此產生。應是五首中格局較大、解釋也較費時的。

8 詩沉潛氣質

上述五首詩中，第一首是因「我的遐思」使「蝴蝶」加入日常的課堂中，教授的神采更具體、表象化。第二首是因「我的思念」使母親的遺容有了生氣，相框像蕩漾的湖泊，母親的笑如蝴蝶棲止在上頭。第三首是因「我的相思」無法加入少女的感情變化中而無法釋懷。第四首是「我的寂寞」因有了「白蝴蝶」的翻飛而似乎可以移情。第五首是「我的匆忙」之於人生，與一隻白蝶面對起伏不定的屋瓦、或海鷗面對茫然大海並無不同。這些「我」使所加入的日常事物——上課、遺像、少女、白蝴蝶、趕車等等尋常動作或所遇，產生了微妙的變化，不再那麼枯燥、乏味、乾瘦，而似乎也都成了美的欣賞對象。甚至未來你再面對這些相似的日常事物時，眼光也因此「提昇」了許多，這正是詩使人氣質沉潛、生變的開端。

主題與表現

1 主題欲何為

文學藝術作品在它所呈現的文字或畫面背後，都隱藏著作者或明或暗的「意圖」。說得明白點，它們似乎都有什麼「企求」或「目的」，再明白些，就是作者在這篇作品中「想幹什麼?」有的作者是因爲想幹什麼才開始去尋找題材，有些是題材來到眼前，作者坐下來思考，看看透過這個題材能幹什麼。

比如有一部電影叫「一四九二」，是紀念哥倫布發現新大陸五百週年而拍攝的電影。過去哥倫布被形容成偉大的發現者、探險家，但近年則有不同看法，認爲他是「災難製造者」，是他污染了新大陸，使印地安人瀕臨絕種，而且又有證據顯示，早在他到達中美洲薩爾瓦多島前，已有十一世紀的北歐人甚至二千年前的埃及人來過新大陸。因此面對「哥倫布」這樣的題材，顯然可以站在印地安人的觀點拍一部電影，也可以站在哥倫布本身、甚至以他的隨行人員的立場、他的敵人的立場拍出各種不同角度的電影。每一部都會面臨同一問題：「你想幹什麼？」這部「一四九二」則是站在比較同情的角度來看哥倫布，主題是「他的膽識和人道主義」，電影中便圍繞著這樣的主題來拍攝：他如何排除萬難、說服西班牙女王、說服船員、面對未知毫不懼怕、不濫殺、願與土著和平共處、印地安人的災難是西班牙貴族製造的……等。為了表現這樣的主題，題材的內容便需有所選擇和安排，因此影片內容便始終繞著一四九二那幾年打轉，前後關於他的生平便儘可能簡單交代，展現在觀眾面前時就具有了統一性。

題材常是指外在客觀世界的「人」、「事」、「物」，主題則多指內在主觀自省或認定的「情」、「思」。一首詩如果命名為「樹」、「祖母」、「旅程」、「蜘蛛」、「溪流」、「雨」等看來較具體的題目，那麼他的主題常需閱讀內容後才易獲得，而且同一題目的不同詩作可能讀到完全不同主題的展現。

如果一首詩命名為「藏情」、「思念」、「致孤獨」、「幻想曲」、「悟」、「遺忘」、「追求」等較抽象的題目，則其主題實已透露三分。一般詩題多取前者，少取後者。當想寫的是已存在於外在世界、較具體的題材時，那麼需往內心世界去尋求「主題」，看看有什麼情思可以「點燃」

這些題材，讓題材不只停留在表面的現象上，而能與我們內心某些「感覺」、觀念」，乃至「結」或「盲點」觸類相通。一首詩如果從內心世界出發，這時就反過來，需朝向外在世界的事物中去尋求附著，看看有什麼具體可見的東西可以間接呈現我們內心的感覺或企求，如此方不致使「主題」落空。亦即有了「題材」必須加上「主題」，有了「主題」必須加上「題材」，才有可能完成詩的「表現」。

2 題材需主題

外在世界具體的事物或現象隨處可見，它們只是寫詩的「題材」或「素材」，當你的眼睛或心思未注意它或觸碰它，它們什麼也不是，既無「主題」，也無「表現」可言。唯有你的情感思想投注在它們上面時，它們才會「有意義」起來。比如蓉子的〈小舟〉：

劃破茫茫大海的，
不是白晝的太陽，
不是夜晚的星星，
也不是日夜吹著的風。

劃破茫茫大海的
是一隻生命的小舟……

這首小詩明白曉暢不過了，所用的「題材」是平凡、微不足道的「小舟」，在作者未賦與意義或目的前，全世界再多的小舟也只是渡人或打魚用的小舟而已，然而就像海明威筆下《老人與海》那本小說中的男主角，面對洶湧浪濤的大海仍孤舟與生命的大海奮戰不懈；這首小詩沒有任何小說情節，它要我們注意的焦點是：小舟即使再小，它卻是獨特而重要的，當我們面對茫茫大海時，它是唯一可活人的工具。小舟如此，生命也是如此，天生我材必有用，每個人的生命都是宇宙間既渺小卻又是唯一的、獨特的個體，面對茫茫宇宙、悠長的人生、渺渺不知過去與未來的歷史和歲月，每一條生命都應像每一條小舟般，要勇敢地「下海」，劃破它、經歷它、甚至有不畏的征服的勇氣。而「不畏不懼」就是這首詩的「主題」，「小舟」是它的「題材」。前四句用反句來鋪陳氣氛，說碩大的太陽星星和風都不足以割破茫茫大海，倒是那微不足道的小舟才有這種本領，而且最後一句才點出，予人一種勇者不懼的膽識。就詩的「表現」而言，作者的確將小舟這「題材」賦與了令人興奮的「主題」，到末了「小舟」就再也不僅止於「小舟」了，那代表了每個獨特的生命，大海也不是大海了，它是人生、歲月、歷史、宇宙的代稱。因此能以如此「有限」的題材，表現出深廣「無限」的主題，這就是前面所謂不停留在外在事物表面的現象上，而能借著內心情思的與之觸碰，如此的詩才有其意義和深度。

底下另一首方旗的〈小舟〉所展現的則是完全不同的面貌：

孤獨的小舟都是歪斜地擱著
全世界的沙灘都是如此的
　　而如同歪斜的頭
　　裡面充盈著悲哀

如果說前舉蓉子的「小舟」代表了一種向大海或人生出發探險的勇氣，則方旗的這首「小舟」倒像代表了從大海和人生歷劫歸來的感嘆。如果你看過沙灘上歪斜擱著、青苔斑爛、甚至殘舊剝落的小舟，而如果你也看過一些上了年紀的中老年人坐在搖椅沙發或板凳上因打盹而歪斜的頭，你多少可以感覺得到兩者之間竟也有少許的相類似吧？當然，在這之前，你是不可能把「歪斜的小舟」和「歪斜的頭」聯想在一起的，是作者自己獨創的，是作者發現了這兩樣渺不相及的兩件東西（舟和頭）的相似性（非形狀相似，而是意義相似）。「小舟」是題材，「生命總有避免不了的悲哀」是它的主題。這樣的主題本來是低調的、悲凄的，但讀後卻反而讓人有種獲得紓脫的感覺，那是因這樣的主題藉著渺不相像的「小舟」而「派發」出去了，就像我們把悲傷的消息借著電報傳遞出去了，有更多人可以共同來分攤、承擔這樣的主題。如果你再仔細研讀，你會發現這首詩其實「好險」，差點就會失敗。因爲把歪斜的頭與歪斜的小舟互化，本來在形狀輪廓上是極不恰當的，還好歪斜的頭中所代表的含意——疲倦了，累了，因此歪斜了，而且疲累的原因是因生命需不斷的奮戰，這之間有喜怒哀樂，但也有太多的無奈和悲傷……等等感覺，這在一條具體的小舟上也可以發現，它的油漆斑剝，木質受傷、青苔海藻糾纏舟殼，其實不正代表了乘舟人對海的探險和回憶、恐懼和恐慌、辛酸和悲哀？

比較來說，方旗的「小舟」在「主題」的探索上其實要比蓉子的「小舟」來得更爲深刻，爲什麼呢？你也不妨思考一下。簡單地說，一個歷劫歸來，一個整裝待發，這之間引起讀者「深入主題」的思維空間便有了一些差異。然無論如何，兩首都是成功的小詩。

3 主觀的介入

前頭兩首詩讀者讀來，顯然都有具體的形象可以「倚靠」，前一首會在讀者腦中出現一片大海，然後有小舟劃過去；後一首會有小舟歪斜停在沙灘上，小舟的樣子可能人人不同，一如歪斜的頭人人想來形象也不同。但如果沒有太明顯具體的形象可供讀者放進腦中去想像時，則非得讀者自我發揮想像力，大想特想一番不可，以周鼎的小詩〈終點〉爲例：

寂然
解脫於最後的喘息
以一種睡姿
以一種美
以遺忘

這首詩如果沒有題目，讀來恐怕就有困難，這在前兩首詩是不會發生的。因此讀此詩就必須不斷與題目聯想。全詩僅二十二個字，卻分成三段，「題材」應是火車的終點站，但也並非確定。前兩句是倒裝，「寂然」是「解脫於最後的喘息」的結果，「喘息」二字給「終站」有了較清新的面貌，很像火車到達終點後排除的廢氣。此處所以用倒裝，一方面是「寂然」字數較少，放在前面感覺較不累贅，一方面使前後氣氛統一，表示一開始就是「寂然」，第二句只是它的原因，如此與第三、四、五等三句的「睡姿」、「美」、「遺忘」才有統一之感，否則寫成「解脫於最後的喘息／寂然」時，第一句也成了畫面之一，而不再是畫面的原因。「解脫」、「喘息」、「睡姿」、「美」、「遺忘」等字都是作者主觀認定的情感性詞彙，其實與「終站」本身的形象無涉，這種主觀情思於是強化了「終站」的「終」字，不只是最後，也代表了結束、淡去，到末了似乎「終站」不再局限於是否指眞的火車終點站，還包括了人生的終點——死亡。而死亡這種可怕的現象，到了詩中反而成了進入美境的解脫，使其主題引伸成了「終點未嘗不美，它包括了遺忘」。此詩「表現」的成功即在於「主題」的超脫，而且每個字眼都附著於「終站」的題材上，沒有脫離，使讀者透過作者主觀的情思去掌握「終站」的感覺時不會過度排拒。但這樣簡潔的詩寫來不易，「表現」時借助的字彙少得不能再少，不像很多人寫詩老是長篇大論的，此時不妨以這首詩做爲表率。

4 內外相繫難

世界和人生到處是題材，有生命的、沒生命的、靜的、動的、大的、小的，問題就在於它們如何與我們內心世界的情感思想取得某種聯繫，這的確是詩中最費力的地方，但聯繫上了，就有了「主題」可言，接下來就是「表現」的技巧問題。儘可能懂得割捨、不必要的字儘量不用，「簡潔」、「字數少」是詩最想達到的目標。

5 表現當溝通

人類對某些事物都有共同感覺，比如春天來了，萬物春心勃發，給人一種從困境中紓脫、像種子從深土中冒出芽的感受。但這種感覺的強弱程度差異性卻頗大，在「四季如春」的熱帶或亞熱帶地區，植物的興衰變異不大，除非神經敏銳的人，否則「春心蕩漾」的可能性就很小。面對「四季分明」的溫帶人來說，四季循環卻深深緊扣著人們的作息和神經，面對春的解放和紓脫氣息，不能不有些蠢蠢欲動的感覺。這也就是人們爲什麼常常要從熟悉的環境裡跑出去，去郊遊去踏青、去看漁舟去看落日、去出國去觀光，甚至去自助旅行的主要原因。對同一事物接觸的頻率如果過高，便會對那事物逐漸失去感覺，甚至再無感覺。見過閃爍的燈嗎？如果它時時閃著，不閃了，一會兒你就注意不到它，如果它閃著相同的頻率，很快你也會不想再看它，而如果它不時變化著閃爍的速度和亮度，它就很容易吸引你長時間的注意。然而燈泡是相同的，它不過是變化地捉弄你罷了。

詩人所處理的題材之所以說平凡無奇，就是因爲它們出現的頻率太高了，什麼樹啦、風箏呀、蜘蛛囉、茶杯哪、雨傘喲……什麼跟什麼嘛，一大堆看得讓人煩透的東西！可是詩人偏偏說：「且慢！誰說那些是讓人心煩的？那是因爲你眼睛睜得不夠大，你是睜眼的瞎子！你是人在福中不知福！你是四季如春的受害者！」於是他們就開始在詩中告訴你他們的「感覺」，非常主觀地。別人看東西是用兩隻眼睛、有時用四隻眼睛（戴眼鏡），他們卻用三隻眼——用顯微鏡或望遠鏡。他們見到每樣事物經常「大驚小怪」，像過度敏銳的地震儀，連走路或咳個嗽都會在記錄紙上畫出曲線來。

如果說「題材」一詞意指「是什麼」，詩人就是讓這「什麼」不只是「什麼」，一定還有「什麼」，並且發神經似地到處發表意見，他們抓到一個題材就「想幹什麼」，就想說說他的感受，就想給它一個「主題」。問題是「說得好不好」，能不能自圓其說，能不能說服別人，這就得看他的「表現」能力和技巧了。如果說不出什麼道理、說得稀鬆平常、說的都是別人說過或好像說過的，我們都可說他「表現不好」。如果說得離奇、說得莫名其妙、說得天花亂墜、讓人丈二金剛摸不著頭腦，我們就說他「太好表現」、「爲表現而表現」，全不顧他人感覺。在說自己的感覺時，也能稍稍照顧別人的感覺，把「想」和「什麼」之間做適當的溝通、聯繫，又要說得「不是尋常的感受」，這就得在「主題」和「表現」上多下一番工夫。

6 顯隱需評估

底下舉了五首詩都是有關於「樹」的「題材」，請試著仔細閱讀後，分別說明它們的「主題」

何在——即詩人欲借著「樹」想表達什麼？然後就其「想表達的」和在文字上「已表達的」做個評估，比較一下，哪一首「表現」得較好、哪一首較差。

第一首：**樹**　◎覃子豪

樹，伸向無窮
雖是空的一握
無窮卻在它的掌握

深入過去，是盤集的根
展向未來，是交錯的枝
密密的新芽和舊葉
在撫摩浮雲、太陽和星子
生命在擴張
到至高、至大、至深邃、至寬廣
天空是一片幽藍
永恆而神秘

樹伸向無窮，以生命之鑰
探取宇宙的秘密

第二首：樹　◎夏　菁

樹，你是我唯一的知心
當我在寂寞、無告、黯然之境。

你那輕輕慰藉的語氣，
使我把世俗的愛恨、一齊拋棄。
你那舉手擺腰的舞姿，
使我將童年的歡愉，重溫一次
你那裸足散髮的神態，
使我對大自然的樸真，格外熱愛
不止一次，我陶醉於你的髮香，
當你浴罷，將它梳理得清爽發亮。

不止一次，你哼著抒情的小調，
當我獨靠在你腳邊，出神遠眺。
樹啊，有一天我將和你合而為一，
那時，我躺在你足下，無聲無息。

第三首：唯一的樹　◎何光明

像一株孤獨的靈魂
站在沉思的土地上
像一個巨大的問號
成長著懷疑的精神
即使枯枝落盡黃葉
還是永遠舉手發問
問風
問雲
問天

問人

第四首：樹　◎麥　穗

活著
就是挺立著
一旦枯死
仍然不願輕易地倒下
在這裡
所有的樹都不允許
塑造　修剪
扭曲　成型
任多瘦弱也不需要扶持
自然　自立
自生　自滅
無懼於狂風
無損於暴雨

當外力來襲
它們會手牽起手
結合成一個整體
森林

第五首：**鐵樹**　◎莊秋瓊

你默默地　守護著
守護著　自己的崗位
如同　守護著
祖國的大地
在這多變的世界
你始終　以
一身傲岸的青
抗拒風霜雪雨的侵襲
無視於金陽的彩帶
無視於露珠的項鍊

只是靜靜地
吐露一份純潔
為大地的喜悅
在乍暖猶寒的春天

以上五首詩的「主題」約略說明如下：

第一首：以樹代表生命之鑰，不斷伸向無窮、探索秘密，暗示人也應向樹學習。

第二首：樹是作者的知己，它的各種樣式姿態都有撫慰人的作用，作者以樹來表露對大自然無限的喜愛。

第三首：以樹代表對世界質疑的精神。

第四首：以樹代表至死不屈的生命、不隨意受屈辱、而且常藉團結來自強。

第五首：以鐵樹的職責、不畏風雨和純潔無辜，暗示樸拙的生命也能予人感動。

上述五首詩的「主題」可說都非常「正面」，都具有「鼓舞精神、勸人向上」的作用。單以「主題」來看，很難說哪一首「想表達的」比較「高妙」，因此需與其在文字上「已表達的」——即在詩中所「表現」的做一切磋比較：

第一首：此詩前三句「表現」得很特出，「空的一握」本應無所獲，「無窮卻在它的掌握」卻說樹的本領不小，三句一出，即令人有喜悅之感。第二段則說明此本領的來源，「過去」「未來」「新芽」「舊葉」無非強調樹的不懈精神，何況氣勢也不小，竟想「撫摩浮雲、太陽和星子」，「撫摩」的動詞使得樹的掌握能力更具象。第三段則將樹與眾多的生命做一結合，永遠向神秘做著無窮的追求，永遠想當一「生命之鑰」，此處比前述的「掌握」更進一步也更具體化。此三段始終以樹的能力和其代表精神相互交錯說明，而且頗能自圓其說，「表現」時「想法」（主題）和「什麼」（題材）之間從起句到末句都有良好的聯繫，即使第三段前兩句「生命在擴張／到至高、至大、至深邃、至寬廣」這樣說明性的散文句稍稍有鬆懈了詩意，也因最後兩句仍落實在「樹」上，才將詩意又穩住。此詩是好詩。

第二首：詩也像第一首，並未指特定哪種樹。詩中將樹當知己看，滿懷感激地訴說著知己的種種。前四句進入「主題」過於直接快速，令人措手不及就要接受作者的主觀想法，讀者會感覺不安甚至不悅，還好末幾段對前兩段的「主題」補充說明了不少，「舉手擺腰」代表樹的搖擺，「裸足散髮」代表樹的光禿，「髮香」代表樹的味道，「哼著抒情的小調」代表樹的聲響，而且形式上採取不斷重複（如「你那」、「使我」、「當我」等詞出現多次），語氣上與樹的撫慰人有相同舒緩的氣氛。尤其末段將我和樹做了統合——死亡時將埋在樹下，使詩意有了更高遠、天人合一的情趣，因此除了前兩段稍嫌直述外，基本上還算是不壞的詩。

第三首：此詩「表現」得簡單明瞭，將樹當作「舉手發問」的符號，對世界不斷發出質疑，此質疑且隨著樹的成長而成長，卻不隨葉落而終止，而且無所不問，問風問雲也問天問人。表面寫樹，暗裡寫人進步成長的精神即來自「沉思」、「孤獨」和「懷疑」。畫面雖簡單幾筆，卻勾勒得清晰無比，是一首短而有力、「主題」較其餘幾首特殊（不那麼「正面」）、「表現」恰當的好詩。

第四首：此詩第一、二段都簡潔有力，充分展示樹的不屈不撓，然而到了第三段，「自然自立」到「無損於暴雨」等句，意義並不新穎，說得還是同一件事——不屈不撓的「主題」，三段幾乎都不是在「表現」主題，而只是「暴露」、「說明」此一「主題」，也就是未賦予「主題」明顯的形象畫面（直到末四句才出現），因此「無懼於狂風」、「無損於暴雨」等句力量就顯現不出來。幸好末四句的形象化才使此詩稍具「顏色」，唯詩中「主題」尚稱連貫統一，算是不太壞的詩。

第五首：這首詩寫的是「鐵樹」，但以詩的「表現」而言，好像又不太確定，它說的像是許多樹的特性。尤其前兩段把詩的「主題」說得太清楚了，一點含蓄也沒有（第四首也是同樣毛病，第二首也有一點），第三段「金陽的彩帶」、「露珠的項鍊」兩句還稍有可觀，其餘均無新意，「表現」得過於正面、平常，難予人新奇、驚訝之感。這首應算是壞詩。

7 表達的局限

「想表達的」常是一首詩的「主題」，「已表達的」則是以文字「表現」出來的詩，「想表達的」往往不能直接「表現」，而要停留在「題材」上，或者說躲進「題材」背後，或乾脆說溶入「題材」內。比如前述所舉，寫樹的代表精神，不管是無盡的追求、不斷地發問或不屈不撓，這些含意（想表達的）都要讓「題材」去「表現」（如第一、三首），而不是拿「主題」去直接「表現」（如第四、五首），讓樹說出它所代表的精神意義，而非樹的精神直接說明，否則「表現」即可能失敗。

8 題材而主題

閱讀別人的作品，有時是爲了滿足人類天生的好奇心，看看別人到底在想些什麼、看到了些什麼；有時則是爲了求取共鳴：我想的是不是也是別人所想的，我所認知、了解的是否也與他人一致？人本身其實是相當單薄、可憐的，一個人一輩子能夠經歷的事物、獲取的生活經驗、接觸過的人，都非常有限，這時就必須透過各式各樣的管道、資訊去求取更多的生活養分和經驗。閱讀是捷徑之一。它不只讓我們與那些不可能與我們相遇的現代人有機會交流，而且還可上下古今，出入中外，與許許多多智慧的人交通心靈。

閱讀詩作是心靈之間一種相當快速有效的「交流」或「交通」，它常常可以打開我們的眼界，縮短或拉長我們與世界各種事物之間的距離，使我們能保持一顆敏銳的心，不致於「視而不見」、「聽而不聞」、「嗅而不覺」，狀如「醉生夢死」、「行屍走肉」。比如當你在讀蓉子或方旗的「小舟」二詩之前（見〈主題與表現〉第二節所引），也許你看到河裡海中或沙灘上的小舟，它們不過是小舟而已。對你而言，小舟一方面可能不能引起你什麼興趣，一方面它們也不具有太大意義。你是你，小舟是小舟。你對小舟幾乎可以說是「視而不見」的，它與你之間只是「普通的距離」，並無「交流」可言。而當你已閱讀了上述兩首「小舟」的詩後，全世界任何一艘小舟似乎都有了特殊含意。物我之間的「距離」被這兩首詩縮短了，你可以感覺自己在茫茫人海裡就像一條小舟，可以不畏不懼地划入大海，你也可以感覺當你帶著疲累歸來，心中的淒涼悲哀不只你一人所有，全世界的沙灘上所有小舟都如此，所有走過人生大海的人都如此。單純無生命的小舟被象徵化、普遍化、豐富化了。這時小舟與你之間不再是「普通的距離」，可縮得很近，你與它似有了親密、重新相逢相知的關係；也可推得很遠，不只你看到的小舟是如此，全世界你沒看到的無數的小舟也都如此。「小舟」這個普通的「題材」透過兩位作者簡潔的「表現」手法，賦予了小舟兩個並不盡相同的「主題」，但此「主題」都與人生意義有關。

同樣的，詩人也可能內心想寫相似的「主題」，卻去尋求不同的外在「題材」來附著。比如你的題目是「給美」、「致孤獨」或「給寂寞」、「思念」、「嚮往」、「追求」、「遺忘」、「死亡」……等等，題目本身其實已透露了作者意圖中主要的「情」或「思」。而這些「情」或「思」都是人類共通的、普遍具有的，一如七情六慾（喜怒哀懼愛惡欲七種感情、眼耳鼻舌身意六種慾望）爲人天生所具有一般。這些「主題」與人這個「主體」關係密不可分，由於過度貼近，遂抽象朦朧不易捉摸，這時反而不易在作品中將此「主題」直接「表現」，而必須到外在世界各種繁雜事物的「客體」中去找到某個具體的「題材」，將「主題」潛入其中、溶入其中、化入其中，再間接「表現」出來。像寫「寂寞」，如果你只停留在「寂寞」帶給你憂愁哀傷眼淚無法驅除等等感覺層面上，一定不易博得同情，而如果你很冷靜地說：「寂寞是一張單人床／向夜的四週無限地開展」（余光中），這「寂寞」便有了具體的「床」可依附，此「床」使得此「寂寞」有無邊無限開展的感覺，讀者透過日常對「床」的認知及對「寂寞」的親身體會，應可認同作者這種誇張的寫法。「床」是作者爲「表現」寂寞此一「主題」而抓過來的「題材」，是作者千挑細選的。當然你也可以說「寂寞是一扇透明窗／關不住滿園的荒涼」、「寂寞是一湖水／禁不起一絲絲風的輕佻」、「寂寞輕如松針／無聲地墜入千丈深淵」……等等，相同的「寂寞」可以找到不同的附託。而其成功與否，端看「表現」得是否新奇、得體，且能自圓其說。

9 主題而題材

底下有五首寫「時間」的詩，其「主題」均極爲接近，因爲「時間」此一抽象題目即已暗含「飛逝」、「無法掌握」、「永恆前進」等的意味。作者們爲了「表現」此相似的「主題」，卻運用了外在世界不同的「題材」，請讀者無妨細加比較。

第一首：**給時間** ◎沈志方

當我驚醒
當年輕的夢被午夜驚醒
被及胸的風
與花與雪與月
驚醒

白髮，我聽到你一根
又一根裂膚而出的聲音

第二首：時間 ◎張堃

假如時間是靈魂的生命
短暫的停留又匆匆的走開
我們決定跟著離去還是
駐足？

推開門
我在出入之間
許多燈亮後又相繼熄滅
陌生的鬼魅一閃而逝
不知在門裡還是
門外？

第三首：時間 ◎曾美玲

時間是萬能摺紙家
摺出一把金髮梳

梳白媽媽的烏絲
疊成一對銀蠟燭
燃盡爸爸的夢想
復把槐花輕輕疊
開在妹妹怒放的青春
最後，摺來一艘船
把我的喜怒哀樂
載向皚皚的彼岸

第四首：**時間之殤** ◎鄰 雨

一陣冷風
迎面削來
那是時間
在冷風中
白髮飄出

一面幡旗
有人掩面
朝著墓地
一路奔去

幡旗陣中
獨我忍聲
隨風老去

第五首：時間　◎藍　雲

我們舞著，舞在時間的邊緣
隨她跳探戈，跳華爾玆
而我們有著太多的昨日
明日永遠是負數
　　永遠在未知的假設裡
我們都想擁抱明日

都想踩住自己的影子
而明日總是兔脫
　總是跑在我們的前面
最精明的獵手也獵不到的
我們舞著，舞在時間的邊緣
陪她跳探戈，跳華爾茲

這五首詩都在十二行以內，第一首寫時間之不可阻擋，第二首寫時間來去匆匆，第三首寫時間之善於僞裝，第四首寫時間之冷峻無情，第五首寫時間之不可捉摸。五首寫來寫去，均不脫「時間」本身原有的屬性。因此未讀詩之前，讀者對作者的「意圖」、「想幹什麼」，其實均已了然於心。只是作者是試圖借助外在、可以變化的「題材」，來「表現」此一與人類文明俱來的、不易變化的「時間」此一「主題」。其所用「題材」及「表現」好壞分評如下：

第一首：此詩以「白髮裂膚而出」來代表時間之不可阻擋。說「年輕的夢被午夜驚醒」、被風花雪月驚醒，其實是暗示時間之無處不在，其意就是「被白髮驚醒」、「被時間驚醒」。「白髮」此一「題材」「表現」了時間此一「主題」。前段「及胸的風」二句有「年輕志得意滿」，午夜夢迴，方知年華已去之意。後段以聲音寫白髮生長的速度，誇張但兼暗示時間奔跑的聲音，極爲有力。此詩「表現」手法誇張中不失分寸，非常好的詩。

第二首：第一句若寫成「假如時間是生命的靈魂」，全詩也許更易明白。靈魂附著於我，一如時間緊緊跟隨著人，數十寒暑，停留短暫，一如燈亮之後總會熄滅。此詩以「鬼魅般的靈魂」代表時間於生命之不可能長久。此首詩若省去第一段或至少省去第一段末兩行，也許就更簡潔。

第三首：此詩明白曉暢不過，時間宛如魔術師，魔術師的萬能即是作者選用的「題材」，來「表現」「時間之變幻莫測」此一「主題」。末三句結束稍嫌匆匆。末句「皚皚的彼岸」有「白色的死亡」之意。

第四首：此詩是五首中稍微奇特的詩，詩分四段，每段三行，每句均四字，簡潔無比。此詩不直接寫時間，而是寫別人與我對待時間的態度。作者寫的「主題」也是時間的冷酷無情，但同時卻比較了面對此冷酷無情時自己的態度如何。時間催人老，有人懼怕（掩面奔向墓地，有哭泣、害怕之意），但「我」則忍聲安然處之。「題材」也是以白髮代表對時間的屈服。「表現」觀點頗爲特殊。

第五首：以跳舞的舞伴來寫人與時間的關係，詩中的「她」或「明日」即指時間，「題材」與前頭大爲不同。詩中所以說「舞在時間的邊緣」即表示想追「她」（時間），末了「她」總是免脫。中間幾句相當精彩，唯與「跳舞」似乎關係不甚密切，「表現」還不夠完美。

10 主題的隱藏

寫一「主題」時，千萬應小心、隱密地將「主題」潛入、溶入、化入「題材」中，否則「表現」上較易出現瑕疵，如果你曾留心地看過上述五首詩，應可輕易地看出第一首是唯一未將「時間」二字寫在詩句內的一首，而它也是五首中表現最完整的。而第四首若能將「時間」二字省去、甚至第一段全數省去，也許就更簡潔，其他幾首似乎都可如此對待。如果有暇，不妨稍加練習，看看動過哪些字或調整哪幾句，上述除第一首外的其他四首詩會更完整、完美些。

詩與散文詩

1 妙觀與逸想

詩由於沒有固定的形式，因此要如何分行分段，似乎都任由作者決定；這就好像要蓋個房子，要擺幾根柱子幾條樑都由設計人自身考量，只要不一堆癱在那裡就行。很多人可能就把房子蓋個奇形怪狀，一點都不具實用性，只像個有趣、好玩的玩具房。其實散文不也這樣嗎？誰又規定一篇散文要分成幾段，或幾行構成一段的？就像要蓋十間一層樓的平房或十樓一間的高樓，豈不是散文作家自己隨心的？只是散文的房子比較有個「房」的樣子。詩看來要比散文更不守規矩更任意而為，或者乾脆說，更有「創意」吧。然而偏偏有人不寫分行的詩，也不寫規規矩矩、文法結構較嚴謹的散文，他們寫的是不詩也不散文的「散文詩」。這就爲難許多年輕的讀者了，而本來對詩就「懷恨在心」的就更有話說了。

然而不論寫成分行的詩或不分行「像散文樣」的散文詩，基本上它們都是「詩」，都是試圖打破平常的「規矩」，都試圖「大題小作」或「小題大作」，都試圖「發明」個什麼，都試圖使這個世界看來好玩、有趣，都試圖叫人去注意平常不注意的什麼，都試圖使這個世上多出個什麼玩意兒來。或者說：如果所寫的詩或散文詩，全沒有一種「妙觀逸想」的意圖，那麼它們離詩是相當遙遠的。而如果有此意圖，那又豈在乎他們用的是哪一種「詩」——詩或散文詩？這樣看來，「妙觀逸想」是「詩不詩」很重要的前提，而不在乎它們「散不散文」。如果內容呈現的既非妙觀也非逸想，那麼即使寫成分行的詩，可能實際是一篇很壞的散文，而如果作者用的是散文形式去表現一種妙觀逸想，那麼「散文」這形式反而有利讀者的閱讀習性。

所謂「妙觀」是對日常事物的觀察，角度不與人同，或從平常能看出不平常來；所謂「逸想」是不單獨停留在回憶或印象上，而能使平常的想像跳脫飄逸，帶領想像超出日常無謂無用的回想，作一番較有創意的思考。或者說，你看到的是別人已知之甚詳的，那就不「妙」，你想的是別人早已想過的，那就非「逸」。因此，要「妙」或「逸」是需要一番「細看」和「苦思」的。

2 散文詩分行

底下有兩首「散文詩」，我們先來讀讀看看它與分行詩的差異：

①**航　程**　◎靜　銘

水手，此去茫茫，請接受北斗星的問候，
而我們是熟練的保姆，駕起歌之輕航，搖睡了海上黃昏。
與寂寞談天，與海浪調情。水手，煙斗是嫋娜的情婦，你們憑欄消磨了整個良宵。

（風來時，我是宇宙的過客）

②**吹號者**　◎艾　青

好像曾經聽到人家說，吹號者的命運是悲苦的，當他用自己的呼吸摩擦了號角發出聲響的時候，常常有細到看不見的血絲，隨著號聲發出來……

吹號者的臉常是蒼黃的……

第一首詩給人的感覺好像比較「熟悉」，因爲它使用了詩常用的「優美辭彙」，但它表面上看來像「散文」，卻只是「分行詩」的連綴，如果我們將它的某些標點符號去除，改爲分行，效果差異似乎不大：

水手，此去茫茫
請接受北斗星的問候
而我們是熟練的保姆
駕起歌之輕航
搖睡了海上黃昏

與寂寞談天
與海浪調情
水手，煙斗是娘娜的情婦
你們憑欄消磨了

整個良宵
（風來時
我是宇宙的過客）

此詩的詩意其實來自修辭上的成功，加上作者頗能「逸想」，如第一段「我們是熟練的保姆／駕起歌之輕航／搖睡了海上黃昏」，其實只是水手在唱歌以度過海上黃昏的意思，但作者巧妙地用了「保姆搖睡」、「歌之輕航」的意象，使得寂寥的氣氛顯得輕鬆無比不會那麼無奈。第二段的「煙斗是嬝娜的情婦」也是相當貼切的想像，形容吐煙時煙氣的舒緩上升再好不過。因此這首詩用到「散文」的地方很少，有散文的外貌，卻不太像散文詩。而第二首就不同，這是一首「妙觀」的詩，當然你說它「逸想」也無不可，因爲「細到看不見的血絲」也許是眞的，但作者不曾看過，他是「好像聽人說過」的，寫此詩時顯然非去「逸想」一番不可，否則很難與「吹號者的臉常是蒼黃的」做印證。這首詩在文法上較不易把它像前一首一樣拆開成分行詩，主要他用了散文的敘述手法來寫，尤其第一段中的「當他用自己的呼吸摩擦了號角使號角發出聲響的時候」，足足用了二十六個字，而「當……的時候」正是散文慣用的句法，在分行詩中非不能用，卻很少這麼長。這首詩成功處在於作者「看得很細」，細到讀者用此想像才能像作者的「眼睛」這麼會「妙觀」。另外一點是，詩中賦予「吹號者」很大的同情，這種「悲天憫人」的心境甚易引起讀者的共鳴。

當然你也可以說，前述第二首如果將它改一改，是否也可以寫成分行詩呢？答案是：或許可以，比如寫成：

吹號者的命運是悲苦的
當他用自己的呼吸
摩擦了號角的銅皮
使號角發出了聲響
常有細到
看不見的血絲
隨著號聲飛出……
吹號者的臉常是蒼黃的……

這首並不同於前一首，前一首原詩可以不少掉任何字即將之分行，此詩似乎較困難，尤其原詩第一句「好像曾經聽到人家說過」實在「散文到了極點」，一分行就覺不對勁。「當……的時候」一長句也很難全數保留。

然而寫成分行後再讀總覺「少了什麼味道」，這就是散文給予讀者閱讀習慣的方便，當散文詩本身「詩意」十足時，連綴的形式反而給人一種舒適舒緩的感覺，分了行後，在氣氛上就比較「緊張」，第一首如此，第二首更是如此。

3 難分行的詩

底下再舉的這兩首「散文詩」情形又有點不同：

③獸　◎蘇紹連

我在暗綠的黑板上寫了一隻字「獸」，加上注音「ㄕㄡˋ」，轉身面向全班的小學生，開始教這個字。費盡心血，他們仍然不懂，只是一直瞪著我，我苦惱極了。背後的黑板是暗綠的叢林，白白的粉筆字「獸」蹲伏在黑板上，向我咆哮。我拿起板擦，欲將牠擦掉，他卻奔入叢林裡，我追進去，四處奔尋，一直到白白的粉筆屑，落滿了講臺上。

我從黑板裡奔出來，站在講臺上，衣服被獸爪撕破，指甲裡有血絲，耳朵裡有蟲聲，低頭一看，令我不能置信，我竟變成四隻腳而全身生毛的脊椎動物，我吼著：「這就是獸！這就是獸！」小學生們都嚇哭了。

④吹花雪 ◎劉義村

夏日天空以水藍色斗篷罩在我的頭頂上，中午已過，而我仍兀自躑躅於那水藍色的幻念，以及雨農國小附近小徑上的灼熱塵土之間。

芝山公園躲在小山巒的翠叢深處裡，用悲哀的探詢之眼，俯望著我。這股逼人的壓迫感，竟幻滅了我心中的落寞，反倒使我感到無比的安心與自由。

我閉目憩息在徑旁小樹下的石椅上，獨坐在自己靜默思想的影子裡。在眩神的沉思裡，眼前竟浮起數個有著雨後彩虹富麗色彩葉瓣的紙風車，而在其間到處綴滿了似亮麗金片的碎花瓣。驀然一陣風吹起，使它們旋轉化成雪之夜的白金世界，只見狂飆挾雪，落英繽紛，倏然擊向那憂鬱之夜早已死寂的時空之墓穴。

我站起身來，拾起一枚小石，無意識地將它用心擲往芝山岩那隱藏在苔綠，泛著墨綠色歡顏的翠叢的重重濃蔭之中。

這兩首都屬於「逸想」的詩，第三首很像在演一齣驚心動魄的短劇，老師向小學生解釋「獸」

的含意本來就不容易，解釋不清楚，乃引發一連串的「不可能」，包括①「獸」字蹲在黑板上咆哮，②擦掉「獸」字，他卻奔入叢林，③老師隨後追進去，其後再奔出來，全身生毛。這些「不可能」都是作者透過「逸想」自編出來的，可是因黑板一般並不黑，且多半是綠色的，因此與「森林」、「獸」產生戲劇性的聯想頗能自圓其說，這是這首詩能「驚人」的主因。但此詩不單有戲劇性而已，它也值得我們繼續深思，如：「獸與人的差異究竟爲何？」「如果逐獸而爲，他日也會被獸同化？」「爲什麼獸字這麼難解釋，有必要讓小學生明白嗎？」……等等問題。而此詩採取了「完全散文形式」的寫法，根本無法分行，它還能被稱爲詩也與文字的「優美」無關，而是透過作者獨特、超現實的思考方式，將讀者帶到一完全不可能的境遇，而仍能樂於接受此不可能，這完全是此詩在「逸想」上的效果。也就是，「逸想」還必須讓讀者覺得在不合情中仍合情、在無理中仍有其道理，否則此「逸想」帶給讀者的將只是一團「胡思」或「亂想」而已。

第四首給人的感受就不如第三首那麼明晰，它很像在做一場白日夢，在短暫的憩息時由於「眼花」而見到一些「幻影」，然而這些幻影（見第三段）與前兩段與末段並無必然的關係，而且「夏日」見到「狂飆挾雪」「憂鬱之夜」，都予人一種突兀之感。這並不是說白日夢就不可能看到這些景物，而是彼此的關聯性、目的性都不清楚，不知道作者的用意何在。最後這些「可能」都因不知爲什麼要這樣寫而成了「不可能」。以文辭來說，是比前首優美多了，但卻無助於此詩的「詩意」。或者這樣說，這首詩（其實更接近散文）的「逸想」很難「自圓其說」，只是因心思上的自由而引發的幻想，那麼這種幻想就不只這一種，還可以有幾十種。說它是「詩散文」（詩化的散文）比說它是「散文詩」可能要好些。它「散文」的程度比「詩」的成分多了些。一、二、四段的過度散文性事實上也減弱了第三段「逸想」的效果。

4 非散不散文

新詩中充滿了僞裝成「詩」的分行散文，當然也有一些寫得像詩而實際上仍是散文的。詩也不一定要文辭優美，文辭優美不一定能使散文變成詩或散文詩。詩寫成散文形式也不是故意的，寫成散文形式時，一般來說，文字與文字、句與句間的關係會比較不「緊張」，閱讀上也比較容易，但更不容易冒充成詩。很多分行詩一但連綴成散文，詩意可能很少或完全沒有，因此分行基本上也有它的「妙處」。但最重要的，任何一種詩，都希望有自己的一份「創意」在裡頭，都希望有一些「妙觀」或「逸想」，如果完全沒有，那麼它也就不可能是詩了。

5 表現與說明

你應看過很多的畫吧？有的是靜物，有的是景物，有的是人物，當然，更有些是抽象畫。有人簡單幾筆或幾塊色面，便盡得神韻，有人捕捉描繪了半天，希望予人的是細緻精準的構圖。大抵執著於物體本身輪廓的準確和像不像的，會用較多的筆觸和線條，常常各部位都要照顧得周全。而若拒不完全忠實於眼睛所見的現實，將物質誇張、變形、換色，甚至只去注意捕捉細微的某個焦點或一刹那的某種特殊感覺，加以「強調」繪出，它引人注目的可能性也許還比現實本身大得多。前者接近工筆，像文學中小說與散文的筆法；後者接近寓意，像詩的手法。散文詩則介於工筆與寫意之間，用稍多的語言，但希望達到詩的效果。

但用寫意手法的不見得也能達到詩的效果，如果寫的「意」沒有具體的焦點或重心。因此我們常會看到許多分行詩寫得滿像詩的，語言和句法都有詩的樣子，可是讀來就是少了些什麼。而我們也曾看到幾乎全用散文的敘述手法寫得詳詳盡盡的，幾乎像一篇小品文，我們卻會以「散文詩」名之，如果這「散文」集中地「表現」某些新意、某些「創見」的話。這裡必須注意「集中地」「表現」這幾個字。所以稱爲「詩」的，大多是「集中地」「表現」某些事物，而不是「說明」某些事物，「散文詩」也不例外，如果它「牽掛」過多，夾敘夾議，如果想同時照顧到很多點，它成爲「詩」的可能性就會渙散掉。上面這幾句話還得特別注意「表現」和「說明」的不同，它也是「詩」與「散文」、同時也是「散文詩」與「散文」的重要分野。「表現」在「表面」上看來是「不爲什麼而爲」的，「說明」則像是「爲了什麼而爲」的，像是爲了說明什麼理念之類，而這理念從文字本身即可以很清楚的發現。

6 散文詩分野

底下我們舉兩篇「短文」來看看「表現」和「說明」的不同，當然「說明」當中一樣有「表現」，只是其「說明」的意圖相當明顯：

①狗 ◎商禽

每次，當我從欄柵式的木板窗縫中望出去，一直把這條臨河的，還不怎麼成其為街的路看到黃昏。一直把那盞不知從何時起點著的路燈，由昏黃看到明亮。一直看到那個蹓狗的人出現在路燈的照射之下。

每次，總是要等到那人快接近路燈時，才看得見一隻灰灰的狗，跟在他的後面；他人愈近燈桿，那黑黑的狗靠他也更近，人一到燈下，那狗便不見了，我想大概是蹺著腿在燈桿下做什麼了；可是當他一走過了燈桿，那狗就突然越過人而跑到了他的前面，愈走愈遠，直到人從燈光中消失。

一個人擁有這樣一隻忠實而有趣的狗。是多麼令人羨慕啊。

直到有一天，我禁不住想要和那人去打個招呼，而走出了我的小木屋；

當我走向那盞路燈時，我才發現，我也有一隻忠實的狗跟在我的後面，並且也在我走過燈桿之後急急的跑在我的前面，愈跑愈遠，終於消失在沒有燈光之處。

②一炷晚香 ◎林清玄

有時候我們看到晚霞，總是出奇的想，這晚霞是太陽為大地晚禱時，點燃的最後一炷香，那紅紅的火頭隨著飛散的燈四處飄散去，凡所飄到之處，都有著金黃的美麗。

有時候我看到晚霞，總是出奇的想，這晚霞是天空在告別時伸出的掌紋，說再見時，一口氣搖動了天空所有的顏色，然後天空就以一種憂傷的姿勢，愈走愈遠，終於在黑幕裡遠去，準備明天的表演。

有時候我看到晚霞，總是出奇的想，這是海和山的戀人，希望在離開的時候，燃燒自己最後的美麗，想把一生的愛意在一刻裡吐盡，海和山聽到了，臉上都抹上黯然的顏色，準備度過夜晚的寒冷。

晚霞是這樣的，我們心裡有愛的時候，不只看見它璀璨的顏色，甚至也聽到它的歌聲，聞到它燃燒的晚香。我們心中憂傷的時候，看到它流著哀痛的血，唱著絕望的輓歌，或者感覺它隨時都會落下，壓垮我們脆弱的心靈。

第一篇短文文字淺白易懂，前後結構完整，畫面清楚，也不講究詞藻，前三段如果老實讀去，會以爲他寫的果然是一條「狗」，到讀了第四段才曉得不是寫「狗」，是寫「影子」。然而整篇文章、包括題目偏偏找不到「影子」這兩個字。作者很像是自說自話，但又頗能自圓其說。然而過去並沒有人將「影子」形容成「狗」，因此這是作者的創見。文章看來像是在「說明」「人拖著影子像是蹓狗，老愛跟前跟後」，但讀者並不能很清楚作者的意圖爲何，以及這樣的比喻有何目的？因此嚴格說來，這是「表現」式的短文，表面看來，像「不爲什麼而爲」，究竟有無「深意」作者不說，須要讀者自行領悟。第二篇短文寫得很美，也頗講究詞藻，作者將晚霞形容爲「一炷香」、「揮別的掌紋」、「燃燒的情意」，都還算貼切，然而作者的意圖在第四段卻「說明」得很清楚：「境隨心遷」，同樣景物會因心境的差異而有區別。這兩篇用散文手法寫的短文，前一篇可以說是「散文詩」，而後一篇卻只是「散文」，或者頂多說是「詩化散文」。如果把第一首的末段刪除，那麼它還是一篇平實但又有點炫麗的散文。因此詩不詩或散不散文，都應該就整篇或整首來讀。

下面可以再舉一首「分行詩」來與之比較：

③**詩　雨**　◎詩　薇

向雨中採詩
向水溶溶的時空
摘熱切的嚮往
以花題字
織綠成夢
釀愛為理想
可供微醺
飢渴的心
飲雨成歌
雨中
見靈感邁步
在詩畫的經緯間穿梭
雨織天地為錦繡

雨織我成詩
綠我成夢
綻我成花

大概沒有人會把此詩看成散文的分行，主要詩中並沒有散文習慣的句法（上下文間有明顯的文字邏輯關係，參見第①、②首），比如「向水溶溶的時空／摘熱切的嚮往」、「釀愛為理想／可供微醺」、「飢渴的心／飲雨成歌」、「見靈感邁步／在詩畫的經緯間穿梭」、「雨織天地為錦繡／雨織我成詩」等等，均是頗為詩化的句子，也寫得很美，本大可發展成好詩的，可惜整首詩看來並無明顯的焦點和秩序，也無法構成清楚的畫面。比如把二、三兩段互調，意思也差不多，可見得作者的「情意」並未找到具體的「物象」。若照上述的說法，亦即作者未能進一步「妙觀」也未大膽「逸想」，而只停留在個人主觀的抒情感覺上，前摘的幾句本可有作為，至此卻顯得「浪費」了。這是一首想「表現」但尚未能完美地「表現」出來的詩。

7 畫面的創新

「表現」是「不為什麼而為」，像跳舞，在有限範圍內手舞足蹈，帶有很強的自娛成分，頂多也只滿足了個人的「表現慾」，它畢竟不像走路，是帶有清楚的目的性的。然而好的舞蹈也須有創新的舞步，要具備美的畫面。詩或散文詩既然要妙「觀」逸「想」，那麼呈現給讀者時，也須在「有限的範圍內」讓他們「觀」到什麼「想」到什麼，而最好的「觀」「想」方式就是給讀者一個「有創意的畫面」，像前節所說的「寫意畫」，予人乍見之時，有一種全新、不曾見過的感受。舉三例說明之：

④**雲雀** ◎尹凡

踱過火葬場的那株大煙囪的陰影，我的車燈般的眼睛就一直凝視著路旁的竹籬笆外的一隻雲雀。牠竟然是棲息在一塊尚未染過屍煙的天空，舒展牠有力的雙翼，曬著太陽。以致於我不禁被一種很嫉妒的情愫沖激著，並且急躁的揣起那柄手汗淋淋的獵槍，瞄住伊潔白的前胸。

然而，我卻望見了伊的雙眼，亦透過了準星尖瞄住了我……

⑤**骷髏** ◎屠格涅夫（俄）

一個華麗輝煌的大廳裡，有一群高貴的男男女女。

所有的臉孔都很有生氣，談笑風生，……一席雜亂的談話涉及到一個聞名的歌者，他們稱讚他是神聖而不朽……啊，昨天她是為何表演出了最後的顫音呀！

驀然間，——由於一個巫人的一枝魔杖的晃動——每個人的頭上到每個人的臉上，脫落了那精緻的皮殼，立刻顯出了骷髏的慘白色，那裸露的牙床和齒齦，在這裡那裡閃著鉛色的光。

我恐怖地望著這些牙床和齒齦的移動；在明亮的燈光和燭輝中，在轉動在閃爍。在一團球形的骨塊裡，也轉動著另外一些較小而失神的眼球。

我沒有勇氣撫摸我自己的面龐了，沒有勇氣在鏡子前照一照了。

這些骷髏從這邊轉動到那一邊去，像先前一樣……而且像先前同樣的嘈雜。他們從牙齒縫裡伸出那破紅布片似的舌尖，天花亂墜般的囉唆著，無比的不朽呀！是的，不朽，……歌者表演了最後的顫音。

⑥自己之歌　◎惠特曼（美）

現在我除了靜聽以外不再做甚麼了，
要將我所聽到了的加入這篇詩歌裡，要讓各種的詩歌完成了它。
我聽到了鳥雀的歌曲，生長著的麥穗的喧鬧，火焰的絮語，烹煮著飯食的紫

棍的爆炸聲，
我聽到了我所愛的聲音，人類喉管裡面的聲音
我聽著一切聲音流匯在一起，配合，融混，或跟隨著，
城市的聲音，從城市裡來的聲音，白天和夜裡的聲音，
健談的青年人們對於和他們一樣的人，勞動者吃飯時的高談闊笑，
友情破裂了的嗔怨的低訴，疾病者的微弱的呻吟，
法官的雙手緊按在桌子上，他的蒼白的嘴唇宣告了死刑的判決，
碼頭旁邊貨船的腳夫們的哼唷歌，起重機的有節奏的聲響，
警鈴的鳴叫，失火的叫喊，飛馳著的機車和響震著警鐘閃射著燈火的救火車
　的急響，
汽笛的鳴聲，到達了的列車的均齊的轉動，
雙人的行列的前面奏著低緩的進行曲，
（他們是出來送葬的，旗竿頂上纏著了一塊黑紗）
（以下略）

上舉這三首都予人頗新穎的畫面，第四首是細微如觀豆的畫面，第五首是恐怖懾人的畫面，

第六首是熱鬧繁複的畫面。它們描繪的範圍也都相當有限，第四首集中在人與鳥的對看，第五首集中在骷髏於室內吐舌講話的景象，第六首集中在城市各種聲音的組合交響上。另外，這三首也都看不太出明顯的意圖，它們的文字中並無「說明性」，而主要是以景象去「表現」，去自己演出，其主題和隱意須要靠讀者自己去體會尋求。比如第四首說自己是獵人，用車燈般的眼睛找到一隻雲雀，棲息在一片乾淨的天空下，當「我」舉槍想射殺牠時，竟望見牠也透過獵槍的準星尖瞄準了「我」。此詩中的獵人是踱過火葬場來的，帶有強烈的諷刺味，一腥一淨、一舉槍一無槍，一人爲一天然，但你很難說清楚作者寫此詩的目的何在？如果有，也只能說人的嫉妒齷齪與鳥的潔白無爭讓人產生反省，但似乎這也不是作者的意圖，說不定作者只因「妙觀」到一有趣生動的畫面，提出來與讀者分享罷了。這種「表面上」看來「不爲什麼而爲」的表現手法，是「詩之所以爲詩」很重要的特色。

第五首是對「不朽」的嘲諷，但作者並未去「說明」不朽的可笑，而改以畫面的創新來「表現」。這畫面的產生是因宴會上大家都在歌頌一位名歌唱家幾近神聖不朽的歌聲，尤其是曲末「最後的顫音」。第三段開始作者即因「不朽」二字而有奇奇怪怪的「逸想」，他創造出一群囉唆長舌的骷髏，讓他們「不朽」地講話，而「我」竟也雜在其中，隨他們轉動著、嘈雜著，不斷伸出紅布片似的「舌尖」。這樣的畫面當然是獨創的、自足的、生動的，「集中地表現」的。然而作者除了對所謂不朽強烈地嘲諷外，目的、意圖又如何？詩中均未「說明」清楚。

第六首節錄自惠特曼的《草葉集》。這幾段是描寫城市中各種細微到聽不見（如麥穗的生長）以至懾人的巨大聲響，交織組合了這城市的精神和活力。這幾段雖然分了行，但基本句法是散文體的，如「勞動者在吃飯時的高談闊笑」、「法官的雙手緊按在桌子上，他的蒼白的嘴唇宣告了死刑的判決」等等，然而此詩長短差異極大，參差地形成如交響般的節奏。需注意的是這些句子都不是「說明性」的，而是各種不同卻同是城市畫面的交互剪貼，形成了拼湊式的繁複之美。這種「聲音的」畫面是前人未創造過的，更重要的是，它們都「集中地」呈現各種「聲音」，是「聲音」將它們貫串起來的。也可說這是作者「妙聽」的結果。

8 散文體的詩

散文詩與詩在「妙觀」「逸想」上、在「集中地」「表現」上、在表面看來經常「不為什麼而為」上、在給予讀者一個「自足的、生動的畫面」上，都沒有多大出入，最大的差異當然是一分行一不分行、一偏重使用詩句法、一偏重用散文句法。這樣看來，好像散文詩比詩有更大的運作空間，其實又不盡然，分行詩常可由散文的分行來偽裝，散文詩則完全不可，它若缺乏新創見，則毫無憑依。因此寫詩時不妨將分行詩拼裝成散文體，看看它們是不是一種偽裝。寫散文詩則應注意它們的畫面構築是否完整、自足，是否不夾帶說明性文字，以及究竟此畫面是否獨創。

詩句比較

1 練句需比較

詩之是否為詩，與「詩句」是否為「詩句」當然有關，要寫詩就得從「練句」開始，將平常語句試圖改變得與原來稍稍不同，令人不曾見過的感覺，否則詩就與散文無異，因此「新」、「奇」、「怪」、「彆扭」等詞彙，也就難免會加諸詩句身上。下面有一些詩句或小詩，請細讀後將你認為較好的，寫入後頭所附空格中（請打✓），並簡答何故？如可能，好或壞都請指出理由：

①a.直到一縷炊煙，婀婀娜娜
緩緩升起
b.直到一縷炊煙，婀婀娜娜
刀樣升起

②a.只有月光夜夜由背後照來
照在軍士的肩背上
b.只有月光夜夜由背後前來巡哨
一一拍醒軍士的鄉愁

③a.一株水蓮猛然張開千指
b.一株水蓮慢慢張開花瓣
c.一株水蓮緩緩張開千指

④a.月光正照亮那本
染滿血絲的
日記簿
b.月光正舐著那本
染滿血絲的

日記簿

⑤
a.紫花苜蓿田裡
總必須埋下一些
怎麼埋也埋不完的
屍首

b.紫花苜蓿田裡
總必須埋下一些
怎麼埋也埋不完的
悲哀

⑥
a.破傷風終於還是傳遍了那群
明天要退伍的二等兵們

b.破傷風終於和那個明天就要退伍的二等兵
瘋狂地戀愛起來

⑦
a.鐘錶店裡
一隻隻錶如螃蟹般熟睡
在睡夢中

匍匐地爬行

b.鐘錶店裡
熟睡如螃蟹
一隻隻的
錶
在睡夢中
匍匐爬行

⑧
a.我已經飛過
天空什麼也沒有
b.天空什麼也沒有
我已經飛過

⑨
a.坐在
圖書館
的
一室

一隅

忍住

直到
有人把一本書
歷史吧
掉在地上
我才
咳了一聲
嗽

b.坐在圖書館的一室、一隅，忍住
直到有人把一本書——歷史吧
掉在地上，我才咳了一聲嗽

⑩
a.現在黃昏正濃
灰暗的天空，飄著幾縷青煙
煙痕裊裊，我心悒悒

幾隻昏鴉從鬱鬱的林間躍出
飛入蒼茫的暮色裡

b.
黃昏正濃
幾縷青煙飄高了灰暗的天空
跟不了的心沉進森林，鬱鬱悒悒
幾隻昏鴉弧出
背著暮色飛入蒼茫裡

⑪
a.
每天黃昏打開家門時，他才回到真實的世界。先給蔦蘿澆水，跟天竺鼠聊天。最後坐進書桌前，一邊啜酒，一邊翻書，然後想起許多地方。有時是孩提的小學、當兵的營地……有時是陌生的異域、自己的墳場……。等酒飲盡了，才疲憊地抬頭，向天竺鼠道晚安。

b.
每天黃昏打開家門時，他才回到真實的世界。先給蔦蘿澆水，跟天竺鼠聊天。最後坐進書桌前，一邊啜酒，一邊翻書，動身去許多地方。有時是孩提的小學、當兵的營地……，有時是陌生的異域、自己的墳場……。等酒飲盡了，才疲憊的回來，向天竺鼠道晚安。

⑫
a.
鐘聲

斂住又敲散
一街的荒涼
聽——
那圓的一顆顆聲響
直沉下時間
　　靜寂的
　　咽喉

b.
鐘聲一波波
敲散一街的荒涼
聽——那一記記聲響
直沉下時間黑沉沉的深淵

2 勇答能錘鍊

6.		5.		4.		3.		2.		1.	
□ b	□ a	□ b	□ a	□ b	□ a	□ b	□ a	□ b	□ a	□ b	□ a

12.		11.		10.		9.		8.		7.	
□ b	□ a	□ b	□ a	□ b	□ a	□ b	□ a	□ b	□ a	□ b	□ a

3 心領自神會

上列十二道練習題，就是讓大家自行比較對「詩句」的看法，底下我們將做答的一些學生（二十八人，有的題目答者少於此數）回答的人數及看法臚列於下，供作參考，並說明較好的答案應是哪幾個，雖然它們不是最「正確」的，但至少是比較「接近詩的」。

①△選a的有十八人。理由是：煙緩緩升起比較有詩意；煙應是柔柔感，而非硬如刀吧；若選b的「刀樣」，則太剛硬，與「婀婀娜娜」連結不順；「緩緩」給閱者悠然寧靜感，不似b句尖銳。

△選b的九人。理由是：刀樣正可表現炊煙的形狀；「刀樣」才能具體形容；以「實像」較能感受其面貌；把煙形象化，才具想像空間。（原詩作者爲萬志爲）

△較佳選擇：應是b。固然「刀樣」形容炊煙，表面看來不太協調，卻充分掌握了新而具體可見的特點。

②△選a的一人。未列理由。

△選b的二十六人。理由是：將月光擬人化，有動態感；把外在的情境導入內在的感覺；

月光的動作很人性化，感受輕快；若選a則太直敘，平凡，沒特別之處。

△較佳選擇：應是b。（原詩作者爲白靈）

③△選a的有八人。理由是：用猛然極有張力；猛得有快感；有震撼力；猛然張「開」讓人感到一股強大生命力；驚奇的效果。不選的則說「沒看過猛然開放的花」。

△選b的有四人。理由是：蓮不蔓不枝，不可能猛然張開千指。

△選c的有十六人。理由是：比較具象；速度、形象恰當；「緩緩張開」較能表現蓮花開的感覺。

△較佳選擇：應是a。（原詩作者爲洛夫）

④△選a的有兩人。理由是：「照亮」比較有力。

△選b的二十六人。理由是：「照亮」常常見，而月光「舐」著卻有更接近之感；「舐」和「血絲」令人感到恐怖，較有氣氛；擬人化的寫法，較爲生動。

△較佳選擇：應是b。（原詩作者爲許茂昌）

⑤△選a有七人。理由是：屍首比悲傷具體；寫得露骨，使人強烈感覺一股震撼；「屍首」予人感受十分強烈。

△選b的有二十一人。理由是：用悲哀來替代屍首，富有想像空間；埋下「悲哀」可感受到更深的悲悽；不像a那麼血腥；未說出埋的物體，但會使人有更深的感觸；「屍首」

與「悲哀」都令人不快，但「悲哀」更能形容人心裡的感受；「悲哀」比「屍首」的感覺強烈。

△較佳選擇：應是b。（原詩作者為同④）

⑥△選a有四人。理由是：令人倍感惋惜之情；文字精練。不選a的因是平淡無味。

△選b有二十四人。理由是：用「戀愛」二字既幽默又貼切；形容疾病的肆虐很傳神；加深狂熱、糾纏、無法解脫的感受；給了破傷風一個生命的情感；較生動、有喜感；將破傷風擬人化。

△較佳選擇：應是b。（原詩作者為同④）

⑦△選a有十一人。理由是：比較通順：文詞流暢，b句較平鋪直述；b句讓人感覺螃蟹是一隻隻的錶。

△選b句有十五人。理由是：句子順序不同，美感有差異；較能表達其動作；節奏感比較好；擬人化，較有詩的戲劇性；字句較精簡；比a的直接表示好些。

△無法選擇有二人。理由是：文字一樣。

△較佳選擇：應是b。此題較困擾。「一隻隻錶／如螃蟹／熟睡在睡夢中」，是直接的比喻寫法。而「熟睡如螃蟹／一隻隻的錶／在睡夢中」句型較富變化，比a句多繞了一些彎。（原詩作者為羅英）

⑧△選a的十六人。理由是：有「因果」的句型；文字較突顯；已經嘗試才知道是否存在，飛過了然後才知道沒有的吧；順暢的描述。

△選b的有十二人。理由是：倒敘法，很特別；較能感覺天空什麼也沒有；比較有情感；a句一下子就把話說完了，b句感覺後面還有話要說；意在言外的表達；所強調的不同；力量較強，強調天空什麼也沒有。

△較佳選擇：應是b。（原詩作者為泰戈爾）

⑨△選a有二十三人。理由是：視覺的效果；有停頓感；節奏較好，形式清新脫俗；有韻律感；讓人也體會到作者忍耐時間的煎熬；分行產生的空間很像圖書館的空曠；有忍住咳嗽的生理感覺；斷句方式如同咳嗽本身斷斷續續。

△選b有四人。理由是：較易看懂文字內容；不會像a般的文字拼盤，較能形容當時心情。

△較佳選擇：應是a。（原詩作者為商禽）

⑩△選a有三人。意境淒美。

△選b有二十五人。理由是：意與象交互使用，較富詩意；「跟不了的心」以動作形容較佳；較緊湊，想像力也較豐富；動詞「高」用得好；「跟不了的心」比較能牽動讀者的情感；簡潔有力的把情景描繪出來；情景交融，由景物快速的升降，使讀者明白了作者

心境；b句似乎比a句錯亂恍惚，但深刻表達了詩的意境。

△較佳選擇：應是b。（a爲原作，作者不詳，b爲白靈改作）

⑪△選a有十四人。理由是：較實際；b句的行動比較不可能；既已疲憊，應只能想事情，不會去別的地方；「動身」前該加上「思想」或「回憶」爲緩衝。不選a的是：散文式的。

△選b有十四人。理由是：「動身」有張力；「動身去許多地方」，用行動給了詩生命，有美感，較能帶引讀者進入情況；布局很有趣，直到「把酒飲盡了」才完全了解前面均爲想像；動身去許多地方，想像的空間大了；眞實即幻象。

△較佳選擇：應是b。a是眞實情境的直接敘述。b是眞實加幻象。前者是散文，後者才是詩，當然，是散文詩。（原詩作者爲劉克襄）

⑫△選a有十五人。理由是：有節奏感；具體；格式逐漸下沉的感覺；「咽喉」更能代表深不可知；擬人化手法，詩意盎然；「斂」，讓人可以感受到鐘與敲的一靜一動。

△選b有十三人。理由是：比較能體會其中意境；感覺比較強；比較有整體性；一波波敲散，沉下的深淵，好比失去又得到；分行簡單，把「靜」「動」明白分割。

△較佳選擇：應是a。（原詩作者爲林徽音）

形式練習

新詩沒有固定的形式，對初學者而言，既方便也不方便。方便的是可隨心所欲，高興怎麼寫就怎麼寫，不方便的是，那到底該怎麼寫呢？既無字數限制，也無韻腳問題，而偏偏無規矩難以成方圓，總可以有什麼法子吧？太自由了，反而不知如何使用該「自由」，相信這是許多人的煩惱。底下有幾個簡單的形式可以幫助初學者練習他的「詩想」，讀者有興趣的話，可自己練習，並把練習的句子不管好壞均列舉出來，加以比較思考，看看哪個句子或段落接近時，且可以自圓其說，要「新」要「奇」，但不要「太怪」，連自己也解釋不通。

1 形式A練習

我們通常講的話都非常實用，都不是詩，但它們都有「句型」，包括主詞動詞受詞等等。詩也一樣，它也有「句型」，而且與日常語言相去不大，比如「(他)被美撞了一下」與「被車子撞了一下」句型相同，卻不是日常語言，而具有「詩味」在裡頭，因爲你很難一下子解說它眞正的涵意何在，最主要，前者並非「實用」性的。也因此我們無妨善用這樣的日常語言，將它的句型「拓展」開來、「大膽」換詞，使得你的想像有個「句型」可套入，如此常有意想不到的效果，比如下列這些句子均爲日常語言：

①福德坑是處理垃圾的地方
②帶著點心去郊遊
③扭不緊的水龍頭／滴滴答答
④撿破爛的老人背起籮筐踽踽走出長巷
⑤他在轉彎的地方等我

上述這些句型可透過個別的換詞，將之轉換成各種奇奇怪怪的句子，再由其中挑選較具詩味的出來，比如：

他

月光
生命
夢
幸福
小潭

在

轉彎的地方

看不見的地方
窗戶外
山谷裡
森林

▼

等

跟蹤著
耳語著
癡待著
暗戀著
偷窺

▼

我

春天
雨季
她
小溪

福德坑

冰河
秋天
黑暗
海
宇宙
銀河
隕石

是

處理

製造
啓動
融合
雕塑
操弄
睥睨
吸吮

▼

垃圾

死亡
夢想
意象
靈感
生命
美感
罪惡

▼

地方

工廠
搖籃
罐頭
床
礦脈
線索
方程式

古剎	西門町	暗殺	流星

發酵	掬出	建築

白日夢	花朵	詩	憂鬱

墳場	原料	拋物線

如此一來，可連成如下句子：

a. 生命在轉彎的地方等我
b. 一朵花在窗外耳語著春天
c. 月光在山谷裡跟蹤著小溪
d. 海是製造夢想的搖籃
e. 流星是睥睨死亡的拋物線

然後再據這些詩詞引伸去寫小詩，可能就容易些。上述幾句歡迎讀者自行引伸，也可自找其它日常語言嘗試。

2 形式B練習

詩句的延伸可以由一句而兩句而三句，慢慢加以拓展，如果已得到一句詩，則可在這句詩之前或之後加入一或兩句，使其意思更形豐富，比如下列幾句詩：

①把未來悄然地掩在門外
②鳥兒跳響了枝頭上的琴鍵
③時間把無知的孩子趕進未來
④情人把她的眼淚吻乾了

此時可將這些詩句予以擴充成兩句或多句，比如：

①a.童年熱鬧地扮起家家酒
把未來悄然地掩在門外（黃瓊雅）
b.讓時光偷偷地閉上眼睛
我懇求鬧鐘

把未來悄然地掩在門外（冀劍制）

②

a.鳥兒跳響了枝頭上的琴鍵

濺出一地的德布西（董光方）

b.鳥兒跳響了枝頭上的琴鍵

彈弓的咆哮圓滑過每個琴音（黃瓊雅）

③

a.留下一張驚惶失措的臉

時間把無知的孩子趕進未來（張友馨）

b.歲月留下的皺紋攤也攤不平

時間把無知的孩子送進未來（曹玉梅）

④

a.情人把她的眼淚吻乾了

然後在她的瞳中植一片神秘的相思林（黃瓊雅）

b.分手之前

情人把她的眼淚吻乾了

未乾的是

相思的湖水（湛敏秀）

上述的方式也可應用在形式A所得的詩句之延伸上，如果你有形式A的詩句，不妨以類似手法加以拓展，否則可應用形式B所列的四個詩句加以擴張，方法如上。

3 形式C練習

以相同或相似的句型或結構重複三次或三次以上，是新詩中常用的手法，修辭學上叫「排比」，比如：

①夢見麥子在石田裡開花了。
夢見枯樹們團團歌舞著，圍著火，
夢見天國像一口小麻袋。（周夢蝶：六月）

②春花已飛出展翅的海燕，
夏日已點亮如林的珊瑚，
秋月已剪裁流浪的方舟，
冬雪已釀成滿杯的瓊漿，
惟有金石的愛情，在我心中燃燒不已。（羊令野：初生之島）

③水田是鏡子
映照著藍天
映照著白雲
映照著青山
映照著綠樹

農夫在插秧
插在綠樹上
插在青山上
插在白雲上
插在藍天上（詹冰）

④他們犁我以春日的甦醒
植我以夏日的馥郁
染我以秋日的歡欣
覆我以冬日的遼敻（辛鬱）

⑤你記得我贈給你的一首詩：

如以春天比擬你，太濃，
如以秋天比擬你，太淡，
如以夏天比擬你，嫌肥，
如以冬天比擬你，嫌瘦。
而你——
你是糅合春夏冬秋的絲。

⑥包裹著苦澀的毒藥的是甜甜的糖，
包裹著甜甜的糖的是花花的紙
包裹著花花的紙是淚濕了的手帕
握著淚濕了的手帕的是一隻纖纖的手
長有這纖纖的手的是一個傷心的女子（商禽）

⑦當口唇已發渴而猶拒飲腳下的河，
當河已將凍結猶未理解該偏袒那岸，
當岸行將脫力猶堅持不肯握手，
他就頹然而臥，
變成一枝橫流的蘆葦。（大荒：蜻蜓之死）

上述①中的三次「夢見」、②及④句型相同、③之「映照著」「插在……上」各重複四次、⑤重複「如以……比擬你」之句型四次，⑥「包裹著」及⑦「當」均各重複三次，這樣的形式在新詩中屢見不鮮，初學者不妨多加學習模倣。此處需注意⑥及⑦事實上也暗含了「頂眞」（銜接）的用法，如⑥若將「包裹著」掩住，可看出首句「甜甜的糖」在第二句出現在前，第二句「花花的紙」在第三句又出現在前，第三句「淚濕了的手帕」在第四句又出現在「握著」之下。⑦之第一句末字「河」在第二句「當」字下銜接上，末字「岸」在第三句「當」字下也銜接上，類似的手法在新詩中也常用。

底下你可以「夢見」或「在」字重複三次，請自創一些相似於①的用法，如：

a.「夢見」船在黑海裡沉了
「夢見」魚兒們群聲吶喊搶奪光
「夢見」地獄像一把梯子
沒有踏板（謝碧娥）

b.落日開滿了花
「在」藍色的山腰下

夢吹響了天國的號角
「在」銀河的那端
一個星星
輕唱著
一首情歌
「在」無人的島上（周芬芬）

或以上述②至⑦相似的手法寫出自己認爲有詩意的作品，無妨大膽一些。

詞彙選擇

1 動詞與變形

陸放翁有兩句名詩道出了古今詩人內心的想法：

形骸已隨流年老
詩句猶爭造化功

說的是詩人在創造詩句時所下的工夫和苦心。這兩句不說「詩篇猶爭造化功」而說「詩句」，一方面是謙虛，一方面也是實情，幾句詩要寫得好已是不易，何況一篇？寫詩固然要「謀篇」，但「謀句」的工夫也應時時鍛鍊，一句可，再來兩句、三句五句，久之自然得心應手。而詩句也一如平常的語言，不外乎名詞、動詞、形容詞、副詞等等的排列組合，其差別是：平常語言引不起別人注意，詩語言則是「語不驚人死不休」。比如動詞，要用就用別人不曾用過的，像下面簡單的句子：

樹在我的
屋瓦上投影

給人的只是平常的感覺，一點也不奇特，而如果換個動詞寫成：

樹在我的
屋瓦上紋身（彩羽的詩句）

予人的印象較特別，「紋身」本是刻劃在人的肉體上，不易除去，樹在屋瓦上投影卻沒這樣的效果，但「紋身」說的也只是「投影」這句意思而已，卻說得更爲「深刻」而「具體可見」，宛如那陰影不只是「陰影」，還是個「圖案」。因此「紋身」本身這個名詞兼動詞的涵義，賦予樹蔭除了「投影」，還加上了「深『刻』」、「圖案」兩層意義，意思自然更爲豐富，這也是「詩語言」何以比「平常語言」吸引人的地方。

又如底下這句子：

牆壁間
響著米勒的晚鐘

是普通詩句，如果「響著」改成「掛著」，那麼就成了毫無詩意的靜態語，而如果將動詞改成：

牆壁間
走下米勒的晚鐘（彩羽）

米勒是畫家，以「拾穗」的農村景象畫最爲有名，他的畫的遠方常有教堂的背景，聆聽晚鐘自然是常象。「走下」二字乍看是不可能，而且突兀，卻逼使讀者不得不尋求它可能的意義。「響著米勒的晚鐘」指的是壁上有米勒的畫，畫上有人在聆聽晚鐘因畫面的景致怡人，宛如晚鐘自畫上響出，寫的是看畫人的著迷程度。而「走下米勒的晚鐘」，則不只「響著」，還帶有鐘聲朝外散發，向著看畫人侵入的感覺。因此「走下」除有「響著」之意，還加上「主動」、「無法阻擋」的意思。這兩個動詞都比「掛著米勒的晚鐘（畫）」的「掛著」好太多了。

不只是動詞詞彙的變換對詩是如此重要，名詞上詞彙的變形也是一樣，比如底下俗不可耐的幾句：

咳一聲
咳出來一口氣
再咳一聲
咳出來一嘴的血

「咳出來」的受詞如果不是「一口氣」「一嘴的血」，就會使句子完全改觀，比如下面的寫法：

咳一聲
咳出來綠野花香
再咳一聲
咳出來一段輕淺的心事（朵思）

「綠野花香」、「一段輕淺的心事」自然不是可以咳出來的，但卻有什麼言外之意，使得讀者產生了想像空間。又比如下面的句子：

牆角處
有個破了的藥罐子
裝的仍是
老房東的咳嗽（商禽）

「藥罐子」只能裝水或裝藥，裝不住「咳嗽」，因此他的意思顯然裝的是「咳嗽藥」，卻不明說，故意說成「咳嗽」，造成讀者的新奇感。而如說成「裝的仍是／老房東的心事」，這又有點牛頭不對馬嘴，新有餘，奇卻不足。

2　形容詞變位

形容詞也一樣，將原有形容名詞的形容詞轉換掉，詩效果也會出現，比如：

層層剝開
被折疊成
整整齊齊的報紙

這幾句可說一點詩意也沒，如果還有點奇，就是用了「剝開」，又似乎不妥，若將形容詞「整整齊齊」換掉：

層層剝開
被折疊成
重重心事的報紙（向明）

那麼「剝開」自然是適合的。如此一來，報紙「心事重重」，將報紙的特性可說一語道破。

有時詞性之間也可互相轉換，比如形容詞換成名詞來用，也會造成新意，比如平常語說成：

這裡的雪好深
如故鄉的積雪

若將名詞「雪」換成形容詞「靜」字：

這裡的靜好深
如故鄉的積雪（朱學恕）

才換了一個字，整個詩意就脫穎而出。詩的力量就隱藏在這神秘的「詞彙變換」之間。

3 詞彙宜鍛鍊

底下有一些練習，請讀者就你的喜好和認知，將比較詩意的句子或詞彙（就各小題中的a、b、c中）挑選出來：

I 動詞

①那株九重葛
不旋踵的
一路攀沿而上
（a纏纏繞繞上了；
b蜿蜒上了；
c直奔）三樓（向明）

②睏倦的落日在灰垠的堆雪後緩緩（a落下；b入座；c降臨）（方莘）

③落日淡下去，如一方古印
低低（a押；b蓋；c印）在

一幅佚名氏的畫上（余光中）

④直到（a讀遍了；b翻閱了；c寫好）滿滿的一頁早晨／才輕快地（a帶著；b邁步向；c握著）今天啓程（向明）

⑤沒有事物不回到風裡去
如酒宴（a拭淨於；b亡命於）一條抹布
假期（a死在；b撞毀於）靜止的輪下（羅門）

⑥燒夷彈（a炸開街心；b把大街炸得；c把大街舉起）猶如一把扇子（瘂弦）

⑦在三月我聽到櫻桃的（a嬌嗔；b撒嬌；c吆喝）
很多舌頭（a說著；b搖出了；c傳播）春天的墮落（瘂弦）

⑧向晚，有約會（a喜上眉梢；b笑在眉梢；c開在眉梢）（楊牧）

⑨去（a攪伴；b抹平；c轟動）一個海洋（朵思）

⑩這洶湧的綠浪
（a撲向；b淹沒了；c席捲了）整個屋子（向明）

II名詞

①一顆星懸在科學館的飛簷

（a耳墜子；b露珠；c耳環）一般地懸著（余光中）

②（a他喝著紅露酒；b那瓶紅露酒；c他握著紅露酒）／又不知酒言酒語／把（a話；b寂寞；c中午）說到／那裡去了（羅門）

③四野無人啊（a節節拍起的是；b撲撲拍響的是；c掌聲總是）／越飛／越遠的／雁陣（向明）

④驚惑地看疲倦的（a病患；b歷史；c黃昏）躺在手術台上呻吟（吳望堯）

⑤（a昨日噩夢撕裂了我；b昨日噩夢的凶禽猛啄我；c昨日噩夢啄開我）／醒時，始見痛苦的碎悄（敻虹）

⑥a小閣上／吹出的笛聲飄蕩在河面；

b小閣上／吹出整條河流的笛聲；

c小閣上笛聲／吹出了整條河流的溫柔（馬朗）

⑦a純淨如未經航海的船；

b純淨如未經船航的海（張健）

⑧那些（a飾物；b情懷；c玩偶）你歪歪斜斜地排置妝桌上（羅智成）

⑨你不要用（a眼光；b憂鬱；c憂鬱的眼光）捕捉我（方莘）

⑩讓我帶一筐（a果子；b星子）回家

釀一壺（a芬芳的酒；b斑斕的夜）送你／請在（a無星；b無花）的時節／注入你（a水晶的杯；b寂寞的杯）裡（黃用）

⑪這樣遼闊的／這樣貼切的／我們的心跳／（a浪濤；b一如浪濤；c是浪濤）／我們的願望／（a波光；b一如波光；c是波光）（岩上）

III形容詞

①幾粒（a賊頭賊腦的；b閃爍；c賊眼的）星／探首／爬入／我心天窗的深井（彩羽）

②一枚熟透了的果子，從空中／跌落了下來／……一枚（a驚悚的；b圓潤的；c熟透了的）喜悅

③a這揮也揮不散的寂靜啊

b惴惴不安的寂靜啊

c這震耳欲聾的寂靜啊（方莘）

④a透明冰涼的時間

b大理石般的時間

c光可鑑人的時間

⑤a打鼾的星星

b 冷酷的星星
c 紅著眼的星星
⑥
a 香味撲鼻的月亮
b 快暈過去的月亮
c 癡癡發著傻的月亮

詩的探險

1 探險三條件

人類最了不起的地方就是具有「改變現狀」的能力，他們永遠不會停留在原地踟躕不前，在物質上如此，在精神上也如此。這裡說的「現狀」可以指環境、可以指學問、可以指藝術文學的任何領域。說得文謅謅一點，就是人類永遠都在追求眞追求善追求美。這種「追求」其實就是一種「探險」，對已知部分之細微處的探險，對未知部分之模糊處的探險，探險的動力也許出於人類與生俱來的好奇心，也許出於對「現狀」的滿足。「詩」的「探險」可以說是對已知語言的不滿足以及對未知語言的興致和好奇，希望透過作者個人心靈的「變化」能力，將習見的日常語言排列組合成能充分展現一己思維感情的內容。說它是「探險」，因爲好的詩是「不可預見的」，在未完成前，你很難預期它會是什麼模樣，在已完成後，你會驚訝於它展現的美和力量。若以山喻詩，讀別人的詩時，是一種安全的、搭纜車式的美的探險，自己創作詩時，則是一種攀岩式的、痛苦在前喜樂在後的摸索式的探險，後者比前者驚險得多、也困難得多。然而對後者而言，不論探險的結果如何，那種「歷險歸來」的喜悅，乃至「驚魂未定」的感覺，都是前者遠遠趕不上的。因此，何妨有時也捲起衣袖來，到詩的王國裡「探險」一番？

「探險」之前必須檢視一下自己的「能耐」和「裝備」。其實天生我材必有用，如果你對詩創作有興趣，何妨平日多多強化自己下列三種天賦的能力：①向外看的能力：對外在世界觀照細察的能力，亦即觀察力；②向內看的能力；對自我本身或內在世界省察的能力，亦即內省力；③組織結合的能力；將相似事物或不相干事物透過思考——抽象或具象思維將之重排組合的能力。哲學家黑格爾在《美學》第一卷裡就提到創作的主要條件有三：①要有明確掌握現實世界中現實形象的資賦和興趣，且牢牢記住所觀察的事物；②要能熟悉人的內心生活、各種心理狀況中的情慾及人心中的各種意圖；③是在以上的雙重知識之外，還有一種知識，即熟悉人的內心生活通過什麼方式才可表現於實在界、才可通過實在界的外在形狀顯現出來。黑格爾的這三個條件與前面的三種能力是相吻合的，它們分別代表了人類的感覺活動（向外看）、心理活動（向內看）、以及表現活動（組織結果）。怎樣把感覺與內心的某種情感做個結合，並以語言適當的展現，這就是詩創作活動的一個粗略面貌。

然而新詩在「表現」時，並沒有個「規則」可循，因此新詩的「遊戲規則」是自己訂的，只要能自圓其說，什麼樣的規則都可以被接受。說明白點，沒有規則的規則，就是新詩的遊戲規則。像有人自己規定一首詩必須十行、有人偏不，說五行即可，更有人說，三行就可成一首詩。也有人自訂兩行一段，有人自訂四行一段、有人每幾行就押個韻，再大的題材內容都希望形式上合乎某項自訂的規則。其實這些都無所謂，最怕是沒有一行是詩的，卻排成整整齊齊規規矩矩的詩行，這就像根本沒探到什麼險，卻弄了一大堆裝備或規矩，自己嚇自己。

2 比喻常與奇

前節所引黑格爾的創作三要件中，最難的還在於第三個條件，亦即在「表現活動」中，「內心」和「外在世界」的連結在什麼狀況下呈露才是最適當的，也就是說，怎樣的表現才是好的表現。爲說明此點，我們引了下面兩篇小短文來作比較，請你批評一下，哪一篇是你比較喜歡的……

①從來沒有人從這橋走過，像這樣的夜晚是決不會有人走過的。細雨迷濛，

彷彿降著濃霧，一片冷灰的幕將我和被關在熱氣騰騰車窗內炭白色的臉龐相隔離，車輛疾馳而過。甚至曼哈頓萬家燈火的夜色也轉弱為遠方惺忪的黃光。

不遠處，停著我的車子，我開始散步，我將頭縮進雨衣的領口中，四周的燈光像一張毯子般傾照著我。我走著，吸著煙，將煙蒂甩在自己的前面，注視煙蒂呈弧形落在人行道上，嘶的一聲便熄滅了。

②那一時間，那一片刻，那個地方在他年輕的心靈上戳下無法比擬的創傷，而正當他自己慾望的巔峰。紐約城從來不曾像那個夜晚那樣的美麗。這是他第一次注意到紐約在世界的大城中是這樣的美，特別是它的夜色。這裡有著一種美，那樣的驚人與無法比擬，一種凝合了時與地的現代美，任何時間或地點都無法比擬的。突然，他理會到別的城市夜色之美——像巴黎沿沙蔻兒崗擴展下去，遍地盛開著夜光的神秘花朵。像倫敦霧光中透射著迷濛的祥光，令人特別迷醉，因為夜色是那樣無邊，漫無止涯。每個世界各大城之美皆有其特色，如此可愛，如此神秘，實在沒有任何的華美堪與之媲美。

如果細讀上兩段散文後，應不難看出，前者寫得冷肅而細緻，後者光華而虛浮，前者用的是一些鏡頭或畫面的切片，後者用的是情感形容詞的直接呼告，前者沒有告訴你「我」的感覺如何，但處處都隱含了冷灰寂寞之感，後者用了八次的「美」字——「美麗」、「這樣的美」、「現代美」、「夜色之美」……等等，但仍無法了解紐約有多美，如果你對紐約毫無印象的話。前者我們稱之爲以「眞實引導」的文章，後者則稱之爲以「情感引導」的文章，前者予人具體可見的畫面，易留下深刻的印象，後者予人抽象概念的感情，看完只有模糊難認的印象。前面那篇我們可以注意幾個精彩的詞句，如「細雨迷濛，彷彿降著濃霧」、「一片冷灰的幕」、「炭白色的臉龐」、「遠方惺忪的黃光」、「四周的燈光像一張毯子般傾照著我」，其創造性比起後面那篇的僅有較可觀的兩句「慾望的巔峰」、「遍地盛開著夜光的神秘花朵」，是高明得多。

「四周的燈光像一張毯子般傾照著我」用的是比喻，燈光透明，毯子不透明，二者之所以還可以擺在一起而不覺得不適當，那是因它們共同具有的「覆蓋性」。這種「運用較高層次抽象化的類似性作關聯」以創造比喻的手法是詩探險中的至高要務。比如下面濟慈的詩句：

③一朵朵淨潔白色的雲猶如新剪過毛的羊群
　剛從澄澈的小溪裡走上來

這裡「雲」與「羊群」互比，用的就是「淨潔白色」這個抽象化物性的類似，它們都是雲與羊群共有的高層次概念。又如英國作家馬可泰卜來的詩句：

④海，同任何東西一般蠢
如那北極熊，神氣不住地左右點頭
它決不會安靜下來

「海」與「北極熊」二物互比，宛如大巫見小巨人，不論色澤或形體均頗不相稱，然而此處用的是它們都「不會安靜」這個抽象化概念的類似性，才使不可能的連結成爲可能，上述兩小段詩句如果「拒絕」比喻，則可能成爲如下面貌：

⑤一朵淨潔白色的雲
剛從澄澈的小溪裡走上來
⑥海，左右搖晃
它決不會安靜下來

此時詩意大降，效果遠不如③④，可見得比喻的創造是詩探險中非常重要的過程，詩透過比喻可以達到「探險」的一部分目的。又比如底下的詩句：

⑦我以為又回到兒時的純淨
　盈握著荷葉上一滴
　清水底透亮（黃麗芳）

這一小段不像前面③④用「猶如」、「如」，就含蓄得多，此處乃以「純淨」、「透亮」這樣高層次抽象化的類似性，使「兒時」與「一滴清水」產生了互比。

如果將③④⑦三個帶有比喻的詩句相互並置：

③雲／羊（具體）↔淨潔白色（抽象）
④海／北極熊（具體）↔不會安靜（抽象）
⑦兒時／一滴清水（具體）↔純淨透亮（抽象）

可以發現三者的「探險難度」並不盡相似，③⑦似乎比④容易一些，也就是雲／羊互比、兒時／一滴清水互比都是比較容易聯想到的，不會太難的「探險」，較不易出乎我們的想像之外。而海／北極熊互比，這種「探險」就比較奇特、或者說不容易。我們若再讀④的原詩前兩句，會覺得心很不安，到第三句「它決不會安靜下來」，心裡才稍覺舒坦，而這第三句代表的正是我們「內心世界」，「海／北極熊」代表的是「外在世界」，二者的連結，事實上是「具體」與「抽象」

的交互作用，如果一句句讀來，「內心」不覺得不妥，那「外在形象」才可以存在。可以這樣說，④探的險是「奇險」，③⑦探的險是「常險」，「常險」常不如「奇險」過癮。

3 內容常與奇

詩的探險當然不只比喻一項，比喻屬於「文字的探險」，用得不怎麼好時，常有原地打轉的困境，此時不如改採「內容的探險」，也就是從第一節所述對生活世界無盡的觀照中去尋求出神奇的事物或內容，此時比不比喻反倒已不重要了。比如底下兩首一九七四年諾貝爾文學獎得主瑞典詩人馬丁遜的作品（張錯譯），請細讀比較二者的優劣，並試著說明你的理由：

⑧蚯蚓

誰會真的垂顧那蚯蚓，
在草與泥底下的農夫，
他鎮日翻新這土地，
滿身泥土，在土裡
無言，並且盲目

他是一個地下農夫，
把田野穿上豐收的衣裳，
誰會真的垂顧他，
這深沉寧靜的土地工作者，
這個在地球泥土裡，
永不休止的灰褐小農人。

⑨電纜船

在北緯十五度與西經線六十一度，
於巴巴多斯與托都格之間，
我們撈起了那條大西洋海底電纜，
在漁火高照下，
我們用剛溶的樹膠塗在
它創傷的背上，
而當我們把耳朵貼向傷口時，

竟然聆聽到內裡微弱的話聲。
我們其中的一個夥伴說：
「這是蒙特婁與聖約翰斯的大老闆們在對話，
談著古巴的糖價和我們的減薪。」

在一圈漁火下，我們佇立良久和沉思，
我們這一批耐心的電纜漁人，
把修補好的電纜放下來，
把它送回海的老家。

前一首把「蚯蚓」比喻爲「灰褐小農人」、「地下農夫」，因爲他們都是「無言，並且盲目」、「寧靜的土地工作者」，表面寫蚯蚓，暗地憐憫的是農夫。然而這種「探險」比起後一首「電纜船」似乎容易多了，「蚯蚓／農夫」與「漁夫／電纜」的關係，前者非常接近，後者離得頗遠，其實這樣的漁夫還是修電纜的工人，因此「離得頗遠」指的是離讀者的經驗頗遠，它探的險就比「蚯蚓／農夫」引人注目和神往。而〈電纜船〉這首詩只是將「電纜」擬人化，說它有「創傷的背」，而且還可從它的傷口聽到電纜兩頭的通話——原來是在談生意並準備減「我們」的薪。這樣的「聲音」有可能在現實發生，但不見得就是他們要修的那條電纜，他們只是借電纜受傷待敷表達這些電纜漁人內心受的傷不知應由誰來安慰，這樣的詩諷刺性頗高、內容探的險是一般讀者觸及不到的，這比起前一首〈蚯蚓〉顯然「險峻」多了，也吸引人多了。此處就「內容探險」而言，〈蚯蚓〉是「常險」，〈電纜船〉是「奇險」，「奇險」自然是過癮。

4 奇險式聯想

底下有三道題目，各將兩種相距極遠的事物並置一塊，請你：a先做散文式的聯想，讓它們「硬」產生某種關係（如所列各例）；b再由上述的關係出發，試著寫出詩句或一首小詩。

A手抄本＋煞車

a停止模仿抄襲別人的範本（林阿勉）
b牆上的掛鐘突然停了（朱雪泥）
c傳統的生產線上一位員工忽然生病倒下（朱雪泥）
d撼動希望的車輛在天空劃下一道令人驚嘆的完美弧線（田淑娟）
e監考官眼中的唯一死刑（黃玉鳳）

f寫了一半僥倖逃過戰火的善本書（筆者）

以下這首小詩即筆者根據f的聯想而寫：

〈手抄本〉

——西安所見

一定有一隻手，被一管小楷緊緊握住
一定有一雙眼眸，在筆尖的軟柔中起舞
一定有一盞油燈，輕輕吟哦著搔首的書生
一定有一頂茅屋，屏氣凝神，抵擋住戰火
一定有一座古代的小城，悄悄悄悄化作齏粉

B彩虹十鐘

a一場轟轟烈烈沒有結果的淒美愛情（朱雪泥）
b化瞬間為永恆（朱雪泥）
c雨後癡望著天空的日晷儀（黃玉鳳）

d善變女人和拘謹男人的泡沫戀情（田淑娟）

e光環的旋轉（林阿勉）

底下這首小詩根據a及d的聯想而寫：

〈彩虹與鐘〉

逐日古老，一座鐘
拘謹，端莊，向固定的角度擺盪
如中年那善男子，朝二十年前的西窗
盼窗外一弧虹，巧映鐘面玻璃上
一抹女人的影，五顏七彩地閃過他眼瞳

C衛星＋寄生蟲

a何處是兒家（田淑娟）

b夢在你堅毅的眸底流浪（田淑娟）

c頭縮入你衣領裡，呵送我一絲體溫吧（田淑娟）

d毫無希望的附著（黃玉鳳）
e兩個跟屁蟲（朱雪泥）
f巨人與侏儒（朱雪泥）
g巨星與隕石的共生系統（林阿勉）

寫下屬於你的一首詩……

寫下屬於你的一首詩……

寫下屬於你的一首詩……

九歌文庫1215

一首詩的誘惑

著者　白　靈
發行人　蔡文甫
出版發行　九歌出版社有限公司
台北市105八德路3段12巷57弄40號
電話／02-25776564・傳眞／02-25789205
郵政劃撥／0112295-1
九歌文學網　www.chiuko.com.tw
印刷　晨捷印製股份有限公司
法律顧問　龍躍天律師・蕭雄淋律師・董安丹律師
增訂初版　2006年2月10日
增訂3版　2016年2月
增訂3版2印　2024年1月
定價　300元

書號　F1215
ISBN　978-986-450-042-0
（缺頁、破損或裝訂錯誤，請寄回本公司更換）

國家圖書館出版品預行編目(CIP)資料

一首詩的誘惑 / 白靈著. -- 增訂三版. -- 臺北市 : 九歌, 民105.02
面 ;　公分. -- (九歌文庫 ; 1215)
ISBN 978-986-450-042-0(平裝)

1.新詩 2.詩評

820.9108　　　　104027800